金曜のバカ

越谷オサム

目次

金曜のバカ

五月三十日　金曜日

金曜って嫌いだ。一週間でいちばん嫌い。

授業はわりと楽。数学はあるけど体育ないし。だからその点ではそんな悪くない日だと思う。でも、そのあとがしんどい。

いつもの場所でおじさんが待っている。それを考えるとどうしても気が滅入《めい》ってくる。始めちゃえば開き直れるんだけど、その前の時間がとくにイヤ。服を着替えながらため息ばっかり。たぶん十回は「はぁー」って言ってると思う。

あのおじさん、基本的にいい人なんだけど、なんか物腰がこわいんですよ。口で冗談言ってるときでも目は笑ってない。それに、しつこい。疲れたと言ってもなかなか休ませてくれなくて、一時間も汗をかかされる。やってることも同じことの繰り返しだし、こんなこと続けてなんになるのって思うと、ほんとやるせなくなる。

それでも一年以上ずるずる続いてきたのは、はっきりいってお小遣いのため。それがなければ通ってないですよ。あと、終わったあとでシャワー浴びてるときの解放感は、けっこう好きかも。「あした土曜だ。休みだー」って喜びを噛《か》みしめながら汗を洗い流している時間は、一週間でいちばん充実しているかもしれない。財布の中身が充実するのもうれしいし。

だけどやっぱり、おじさんに会うのはイヤ。「カナちゃんはなかなかスジがいい」なんて褒めてるつもりらしいけど、勘弁してほしい。「少なくとも高校生のうちは付き合ってもらう」って、あと二年近くもっすか？

おじさんのせいで私、金曜は学校でもすごく沈んだ顔してるみたい。みおとか綾乃《あやの》とかが「カナ、どうしたの」って心配してくれるんだけど、理由を話せないのがつらい。だって、恥ずかしいでしょ？

あー、ペダルを漕《こ》ぐ足が重い。ひと漕ぎごとに今夜の試練が近づいてくる。もう、お小遣いなしでもいいから通うのやめたいなあ。このまま家に帰って、目覚ましかけないでガーガー寝るの。その間にパートから帰ってきたお母さんが晩ごはん作ってくれてて、私はそれを食べながらだらだらテレビ見るの。極楽だなあ。でも、そういうわけにもいかないか。残高五〇〇円切ってるから補充しないと。

なんてぼんやり考えてたら、アスファルトの段差に車輪をとられてコケそうになった。あぶね。

この自転車買ってもらってまだ一ヵ月だから、壊すわけにいかないんですよ。前のは用水路にぶち落ちて大破。しかも原因は一〇〇パーセント私の不注意。やっぱりメール打ちながら自転車乗るのは危ないね。なんのためらいもなくT字路突っ切ってその先の用水路に落ちてったもん、私。

そういう経緯があるから、たぶん今度壊したらお母さんもお金出してくれないと思う。そしたらいよいよ、おじさんから渡されるお小遣いだけが頼りになるなあ。やなスパイラルだなあ。

いやほんと、自転車を失うのは田舎の高校生にとっては死活問題ですよ。だって、歩きだと家から学校まで片道四十分ですよ？　往復で一時間二十分ですよ？　死刑宣告でしょ。これから夏なのに、徒歩で通学なんてぜったい途中で遭難する。ほんとになんにもない田舎だもん、このへん。

とくにこのあたり、県道から外れて国道に突き当たるまでの間なんて、途中土の道だもん。車輪の音がシャーからドコドコに変わるの。幅なんてせいぜい乗用車一台分で、車のタイヤでできた二本の轍《わだち》がなんとなく「上り・下り」を分けてるような、そんな道。道路沿いにたまーに農家がある以外は、ほとんど畑。一ヵ所、小さな笹藪《ささやぶ》の脇を通る以外は景色に変化なし。

人通りが少なくて危ないから遠回りしなさいなんてお母さんは言うけど、逆でしょ？　人がいないんだもん、安全じゃん。しかも私がここを通るのは日中だから、犯罪者はまだ出勤前の時間帯のはず。うちのお母さんって心配しすぎなんだよ。

や、東京とかならわかる。ひったくりとか痴漢とかすごい数がいて、襲われないために未成年はみんな防犯ブザー持たされてんでしょ、東京。

　とくに女子高生なんて変質者にとっては最高級ブランドのはずだから、一人で行動するのはシャチの群れの中にアザラシが飛び込むようなものなのかもしれない。だから、そういう大都会なら、備えあれば憂いなしっていう発想もわかる。

　でもここ、スゲー田舎ですよ？　町でいちばん立派な建造物は国道沿いのパチンコ屋、っていうレベルですよ？　人の絶対数が少ないんだから、犯罪者に出くわす確率だってかなり低いでしょ。だいたい防犯ブザー鳴らしたって、聞こえる範囲に人がいないんだから意味ないし。それより警戒すべきは人じゃなくて、あの柵《さく》のない用水路のそばにあるT字路だって。

　そんな、人よりイタチを見かける回数の方がまだ多いこの田舎道だけど、今日は笹藪に差し掛かったあたりでめずらしく人間に遭遇した。

　狭くて土が剝《む》き出しの道を、向こうから自転車漕いでやってくる男。二十歳そこそこくらい？　全体にひょろっとしてて、なで肩。青いチェックのシャツ。言っちゃ悪いけど「気が弱いオタク」って感じ。

　すれ違うまでの間、そいつ、私の脚――ていうか正確にいうならスカートの中――をなんだかびっくりしたような目で見ていった。もう、目ぇ見開いちゃって凝視。やらしい。男ってだからやだ。あんたに見せるためにスカート短くしてるんじゃないんだって。これはファッションなの、ファッション。エロ要素ゼロ。あ、韻踏んだ。

　振り返ってみたらそいつ、立ち漕ぎしながらものすごい勢いで遠ざかってった。なにその「ラッキー！」って反応。だいたいスカートの下にショートパンツ穿《は》いてるんだから、そんな必死に覗《のぞ》き込んだって下着なんかぜったい見え――

「ボウシェッ！」

つい、ネイティヴばりの悪態が口をついて出てしまった。おとといレンタルで見たDVDがまだ頭の中に残ってるのかも。あの映画、主役の俳優さんの鼻の下が微妙に長いのがなんか気になって、この人はかっこいいヒーローの役なんだからそこは見なかったことにしようって自分に言い聞かせようとしてもやっぱり気になって、ラストの方なんかストーリーそっちのけで鼻の下ばっかり目で追っていたなんてことはこの際どうだっていいんだよ！

しまったー。ショートパンツ穿き忘れてたー。ていうより、穿いてないの忘れてた。うわー、考えごとしてたからけっこう脚開いてたはず。たぶん、モロ見られた。さっきのオタク風青年にばっちり見られた。しかも、三枚一〇〇〇円の安パンツ。や、最高級シルクショーツだろうが、幼稚園児みたいな股上《またがみ》のふかーいおぱんつだろうが、ぜったい見られたくないことに変わりはないんだけど。

あー、体じゅうから冷や汗出てきた。くそっ。学校の中ではあんなに用心してたのになんか、自転車漕ぐ脚が自然と内股になる。今さら用心しても遅いけど。

くっそー。いまの一分間、なかったことにしたい。さっきの奴、「いまの映像、ボクちゃんの脳内ハードディスクにセーブ完了♥　上書ききんしーっ」とかぜったい頭の中で言ってるよ。うわー、ムカつく。隕石《いんせき》でも当たって死ねばいいのに、今すぐ。

こういうことになるから、金曜って嫌いだ。どうしても夜のことを考えちゃって、気分が沈むしガードは甘くなる。

失敗だった。家を出るときに「どうせ今日は体育ないからいいや」なんて考えたのがまずかった。遅刻してでも替えを探すんだった。そもそも、きのう穿いたやつ勝手に洗ったお母さんが悪いんだよ。私の寝坊のせいじゃない。

あー、やだ。通りすがりのオタク風にはパンツ見られるし、夜になればおじさんの所に行かなくちゃならないし。あー、やだやだやだ。金曜のバカ。隕石落ちろ。

え？　なにこの前輪がふわっと浮く感じ。なにこの聞き覚えのありすぎる「ガッタン」って音。ここってもしかして、前に私が用水路に落ちたT字——

「ろおおぉぉぉぉ！」

私を乗せた自転車は、雑草の茂る急な斜面を一直線に落ちてった。金曜最悪！

＊

「ふざけんな、売女《ばいた》」

唇の隙間から漏れ出た棘《とげ》のある言葉に、自分の声でありながら僕は身を竦《すく》ませた。

深夜の六畳間にこもった生ぬるい空気が、ふいに冷たく感じられた。それほどに暗い憎悪のこもった声だった。

テレビ画面の中では、髪を煉瓦色《れんがいろ》に染めた女がドラッグストアのネオンを背景にインタビューに答えている。襟元をだらしなく開け広げたシャツと厚化粧。お決まりの、渋谷《しぶや》駅前のスクランブル交差点でのロケだ。

〈えー、キスまでなら挨拶《あいさつ》。友達の友達のカレとしたことあるから。ギャハハハハ〉

まばたきのたびに風切り音が聞こえてきそうなマスカラと、油性塗料のようなアイライナー、唇には赤黒い口紅をごってり塗りたくった女。信じがたいことだが、画面の下には〈18歳・専門学校生〉とある。僕より四つ年下のそいつは、醜い顔をさらに醜くゆがませて笑っている。大きく開けた口の中、緑がかった奥歯の詰め物が醜悪さをいっそう際立たせていた。

「クソ女、死ね」

面と向かってはけっして口にできない悪態をつきながら、僕はリモコンを操作してチャンネルを次々と替えた。手元を見るまでもなく、ボタンの位置は指先が記憶している。ダイエット食品の通信販売、自局制作の新作映画の宣伝、お笑いタレントの型どおりのトーク。どこの局も似たり寄ったりで、ろくな番組をやっていない。

最後に合わせたチャンネルではCMを放送中だった。湿布薬の騒々しい宣伝に続いて、黒髪の清楚《せいそ》な少女が画面に現れた。数週間前から放映されはじめた、不動産販売会社のコマーシャルだ。

朝日の差し込む路線バスに揺られ、夏用の制服を着た女の子が父親役と楽しげに会話をしている。バスを降りた少女がはにかんだ笑みを浮かべて友達と挨拶し、歩きだすところで企業のロゴが入り、CMは終わる。

ほのかに赤みを帯びた唇、利発そうな眼差《まなざ》し、滑らかな曲線を描く頬から顎《あご》へのラインｃ。すべてが愛らしい。まるで天使だ。彼女とさっきのバカ女が同種の生物だとは到底思えない。

女の子のおかげで気分がすこし持ち直したところで、僕はテレビを消した。

さしずめこの世の女には、天使とどうしようもないバカの二種類しかいないのだろう。そしておそらく、バカ女の方が圧倒的に多い。それはきっと、そのほうが既得権益を享受している層にとって都合がいいからだ。何も考えぬ、疑問を持たぬ消費者ほど扱いやすいものはない。

その証拠がテレビだ。僕は毎日五時間は見ているけれど、この深夜帯は特にひどい。出演する女性タレントなど、ほとんど全員が品のないアバズレだ。自分の恋愛や男の好みの話ばかりして、馬鹿みたいに一人で喜んでいる。それを見ている層も、きっと愚かで頭が悪いのだろう。

では、夕方にすれちがったあの女子高生は、いったいどちらなのだろう。

あの制服は僕の母校のものとはちがう。あの細道を自転車で走ってきたということは、方角から考えておそらくとなり町の高校だろう。

女子高生が通う高校を突き止めたくなり、僕はパソコンを立ち上げた。マウスポインタの砂時計が消えるまでの時間がもどかしい。

彼女は不思議だ。憂いを湛《たた》えた表情と、幼い子供のような無防備さ。そのアンバランスな佇《たたず》まいが、僕の目に焼きついて消えようとしない。

思い当たる高校の名前で検索し、ヒットしたホームページにあるいくつかの小さな画像を見て確信した。紺のブレザーに緑のリボンの制服はやはり、となり町にある普通科の共学校のものだ。

水分をたっぷり含んだ髪、つややかな肌、乱れのない制服の着こなし。そしてむっちりとした太腿《ふともも》と、その奥の水色の生地。女の子を見て、こんなにドキドキしたのはいつ以来だろう。

ただの偶然と言ってしまえばそれまでだが、僕はあの女子高生とすれ違ったことに、何かしら運命めいたものを感じていた。

専門学校を一昨年《おととし》の春に中退してからこの二年あまり、僕はほとんど何もしていない。部屋にいる間に季節は二巡りし、今また夏が来ようとしている。初めのうちこそアルバイトを探したりぶらぶらと散歩したりもしていたが、このごろではほとんど外出さえしていない。出掛けるのはせいぜい十日か二週間に一度で、それもきまって日没後だ。日が高いうちに外に出ると、近所のおばさん連中と顔を合わせてしまって気まずい思いをすることがままあるので、必然的にそういう時間帯になる。

だからやはり、運命なのかもしれない。

外出することさえめずらしい僕が、なぜか今日にかぎってはとなり町のゲームセンターにでも行ってみようなどと気まぐれを起こしたことが、まず説明がつかない。いつも行くのは駅方向の中古ゲームショップや新古書店なのだ。それから、普段は通ることのないあの未舗装の細道を使ったことも。さらに、まったく人気《ひとけ》のないはずのその道で僕好みの女子高生――それも下着が丸見えの――とばったり出会うなんて、偶然にしてはできすぎているじゃないか。僕はきっと、何かに導かれてあの時間あの場所に向かったのだろう。事実はそうではないかもしれないけど、そう考えたい。これは運命なんだ。

高校のサイトをひととおり見終わったあとは、ブックマークを次々とクリックしていった。いくつかのサイトで画像が更新されている。そこに写っているのは、カネ次第でどんな卑猥《ひわい》なことでもするろくでなしの女たちだ。

淫売《いんばい》どもの肢体を見つめて右手を動かしながらも、僕の頭の中ではあの女子高生が繰り返しペダルを漕《こ》ぎ続けていた。

六月六日　金曜日

あろうことか、ていうか、やっぱり、ていうか、替えの自転車買ってくんなかった。

うちの両親って鬼だ。

お母さんなんか、「いい機会じゃない。カナも最近太り気味だから、ダイエットになるわよ」だって。自分の体脂肪率を棚に上げてそんなふうにうそぶくのはいかがなものか。

たしかに高校入学以来、いらん肉が付きはじめてきたと自分でも思う。中学のときに入ってたバドミントン部って、ユルいようでけっこうカロリー消費してたんだなあ。部活、うちの高校は義務じゃないから、迷ったけど結局どこにも入らなかった。だから体育の授業以外で運動らしいことといえば、金曜の夜に体動かすぐらい。でもあれ、運動と呼んでいいのかな？　「これも一種のスポーツです」って言い切るには即物的すぎる気が。だからおじさんに「気持ちいいだろう」って言われても、あんまり実感ない。たまーに、ちょっと気持ちいいかなと感じることもあるけど、こう、体がうち震えるような快感はないなあ。バドミントンみたいな勝った負けたの世界じゃないせいかなあ。

バドミントンをやめて学んだのは、部活がないと放課後がすっごく長いということ。だからついつい、昼寝したり冷蔵庫を漁《あさ》ったりする。で、よせばいいのにうちのお母さん、パートの帰りにスーパーでちょくちょく買ってくるんですよ、〈20％引〉のシールがついたプリンだのシュークリームだのを。これじゃ太るのも当たり前だって。お母さんは「いやなら食べなければいいじゃない」なんて平気で言うけど、そりゃあったら食っちゃうでしょ。自分で罠《わな》を仕掛けといて掛かった獲物に呆《あき》れてんだから、ナチュラルに人が悪い。人に無駄な栄養つけさせといて「ダイエットしろ」なんて、シャレがきつすぎじゃないですか？

ああもう！　家遠い！　歩いても歩いても景色が変わらないよ。月曜から毎日歩いてきたけど、いいかげん飽きた。もういいです。おなかいっぱい。革靴の中の足が痛い。ブラウスの背中が汗かいて気持ち悪い。

そうだ、お母さんがダメでもお父さんがいる。あした土曜だから、久々にゴロニャーンてしてみっか。「お父さん、あしたは釣り行くの？　天気いいみたいだし、たまには私も付き合おうかなー。あ、でも自転車がー」なんて。買うね、あの人。店でいちばん高いやつ買いそう。

そういえば、最後にお父さんの釣りについてったのって、いつだっけ？　小学四年くらい？　ピクリともしない浮きを何時間も見つめるだけなんだけど、いま考えると、あれはわりといい時間だったなあ。モンシロチョウがヒラヒラ飛んでたり、ハクセキレイが汀《みぎわ》をテテテッて歩いてたりして。自転車買ってもらったら、本当に一回付き合おうかな。あ、でも、知ってる人に見られたらやだなあ。

しっかし、遠いなあ。やーっと笹藪のとこまで来た。ここから家まではだいたい十五分。先は長いなあ。さらに最悪なことに、今日は魔の金曜日。家でひと休みしたらまた二十分ちょい歩かないと。うわー、果てしなく遠い。考えただけで足が重くなる。ついでに心も重い。そして体も重い。認めたくないけどたしかに、ダイエットのいい機会だわ。

まてよ。

道の途中で、足がぴたっと止まった。

元はといえばあのオタク風青年が悪いんじゃん。あいつにパンツ見られて動揺したのが原因じゃん。あいつのせいで自転車壊れたのに、なんで私が罰ゲーム受けてんの？歩みが止まると、脚がじーんと熱くなった。そうだよ、なんでこんなに疲れなくちゃいけないの？　さっぱりわかんない。

あれから一週間。スカートの下にショートパンツを穿《は》き忘れた日はない。それだけはもう、出掛けに三回は確認してる。

あいつとはあれから一度もすれ違ってないけど、今度会ったらどうしてくれよう。奴の顔だけは忘れもしない。あのなんともこう、……どんな顔してたっけ？

忘れた。オタクっぽいなーとは感じたけど、具体的にどのパーツがどうっていうと、さっぱり覚えてない。なんか印象薄いんですよ。まあどっちみち、たいした顔してなかったはず。かっこよかったら私が忘れるはずないもん。

や、どうする？　もしも、こんなとこでめちゃくちゃかっこいい男の子に出会っちゃったとしたら。ね、どうしよう。ちょっとオレ様なところがあって言葉づかいとか乱暴なんだけど、でも根はすっごく誠実なの。そして、なんだかんだいいながら私だけをずーっと見つめててくれるの。うはー、にやける。

いねーか、そんな男。あはは。……バカみたい。

目の前で、あの女子高生が立ち止まった。

いったいどうしたのだろう。この五日間ずっと見てきたけれど、こんなことは初めてだ。いつもなら、笹藪の中から見られていることも知らずにものの数秒で通り過ぎてしまうのだが。

＊

自分のやっていることは異常だと思う。草いきれの中で息を潜め、女の子を待ち伏せして覗《のぞ》き見るなど、まともな人間のすることではない。でも、こうするほかに彼女と接点を持つ方法があっただろうか。僕はあの女子高生とはなんの係《かか》わり合いも持っていないのだから、まともに近づいていったところで怯《おび》えさせてしまうだけだ。ならばこれは、僕にできる最良の接近方法なのだ。

月曜から毎日、僕はこの場所に通っている。あの女子高生が通りかかるのはだいたい午後五時前後。僕は遅くともその三十分前にはここに来て、自転車を藪の裏手に隠して葉陰に潜む。

六月ともなると藪の中は蚊だらけだ。虫除《むしよ》けスプレーを体中にかけても、何ヵ所かは刺されてしまう。だが、それは苦でもなんでもない。藪の中からあの女子高生を見つめるひとときだけは、ずいぶん昔に忘れてしまった柔らかい気持ちを取り戻せるのだ。

高校は今週から衣替えらしく、彼女も重たげなブレザーから解放された。白いブラウスとライトグレーのスカートを身につけた彼女は、よりいっそう魅力を増した。

誰もが振り返るような美人、というわけではない。校則なのかもしれないが、髪は黒く化粧気もなく、彼女はどちらかといえば地味なほうだ。丈の短いスカートから伸びる脚などは太すぎると言っていいだろう。それなのに不思議と僕の心を惹《ひ》いた彼女は、今こうして僕の目前で静かに佇《たたず》んでいる。

一週間前は自転車に乗っていたのに、今週からはどういうわけか、彼女は歩いて通学しているようだ。自転車を盗まれてしまったのだろうか。そうだとしたら、ひどい奴がいるものだ。僕があの女子高生のそばにいられたなら、そんな被害にはまちがっても遭わせないのに。僕だったら、一日中駐輪場で見張り続けることだってできるのだから。

彼女は立ち止まったまま、なかなか歩きだそうとしない。どこか具合でも悪いのだろうか。

どうする？　声をかけたほうがいいだろうか。これは千載一遇のチャンスかもしれない。困っているところを助ければ、相手は僕に好意を抱いてくれるはずだ。だが、このまま前触れもなく笹藪から出ていったら驚かれてしまう。では、この笹藪で作業をしていたことにするか？　僕はこのあたりの農家の息子で、ちょうど笹藪を刈っているところだったとか。いや、不自然だ。薄手の長袖《ながそで》シャツにジーンズというでたちで、鎌も軍手もなしに作業する馬鹿がいるものか。

だいたい、そんな芝居を打つことなど僕にできるはずがない。両親ともめったに話さないのに、現役女子高生などとまともに会話が交わせるものか。

僕が逡巡《しゅんじゅん》しているのをよそに、彼女がふいに微笑んだ。恋人にしか見せないような、甘えと慈しみの入り交じった親しげな笑顔だ。

ここは僕と彼女が初めて出会った場所。まさか、僕のことを思い出して？

あの女子高生ならあるいは、僕を相手にしてくれるかもしれない。やさしそうなあの子なら、ありのままの僕を理解してくれるかもしれない。

彼女には、恋人はいるのだろうか。いまの微笑みを見せる相手がほかにいるのだろうか。いるとすればそれは、同じ高校の生徒だろうか。

学校の中では、部外者の僕は手の出しようがない。彼女を守ってやりたいのに、それができないのがもどかしくてならない。

いるかどうかもわからない男子高生への嫉妬《しっと》心が、腹の底から湧き立ってくる。

彼女がどんな下着を穿いているか、僕以外にも知っている男はいるのだろうか。今はいないとしても、いずれ現れるにちがいない。彼女をものにしようとしている人間が、こうしている間もてぐすねを引いて機会を窺《うかが》っているのではないだろうか。

ならば僕が――

どうしようというのだろう。一瞬にして膨れ上がった黒い感情に、僕はたじろいだ。女子高生が再び歩きはじめた。僕がこんなに心配していることも知らずに。

行ってしまう。明日とあさっては休日だ。二日も彼女と会えないなんて。僕が見守っていないと、きっと悪い男が近づいてしまう。彼女に何かあったら後悔してもしきれない。

矢も盾もたまらず、僕は笹藪から飛び出した。

振り返った彼女の表情が凍りつく。目が大きく見開かれ、唇が震える。待ってくれ。誤解しないでくれ。僕はけっして悪い男じゃないんだ。

女子高生が踵《きびす》を返し、一目散に逃げ出した。ちがう。ちがうんだ。僕は君を大切に思っているのに、なんで逃げるんだ。

自分でもわけがわからないまま、僕は彼女を追いかけ、背後から抱きついた。髪からふわりと甘い香りが漂ってくる。なんて小さくて柔らかい体なのだろう。

突然、女子高生が消えた。そして次の瞬間、世界が縦回転した。なんだ？

ごん

鈍い音と同時に、目の周りに火花が散る。音からしばらくして、後頭部にズキズキと痛みを感じはじめた。

びちゅびちゅびちゅと囀《さえず》りながら、黄色みを帯びた遅い午後の空をヒバリが横切っている。

上からそっと、女子高生が僕の顔を覗き込んできた。両手で口もとを覆っている。

どうやら僕は、投げ飛ばされたらしい。

思いもよらぬ技の持ち主は、路上に転がった通学バッグを摑《つか》むと僕の手の届かない距離までじりじりと後ずさった。そして安全圏に達するやいなや、スカートを翻して一目散に走り去っていった。紺色のショートパンツがちらりと見える。そんなに慌てなくても、僕にはもう追いかける気力など残っていないのに。

土の埃《ほこり》っぽい匂いがする。

子供の頃は、毎日この匂いの中を転げまわっていたな。

そんなどうでもいいことを、僕は思い出していた。

体の部位を一つひとつ確認する。後頭部は涙が出るほど痛いが、腕と脚は動くようだ。ヒバリがまだ、空の同じ所でせわしなく羽を動かしている。ちょっとでも気を抜けば地面に落ちてしまうのではないかと心配になるほど、その羽ばたきはぎこちない。

そしてもう一匹、みっともないのが地面に転がっている。僕だ。

なんて恰好《かっこう》悪いのだろう。大の男がこんなにきれいに投げ飛ばされるとは。

路上に横たわったまま、僕は小さく呟《つぶや》いた。

「……負けた」

＊

「勝った！」

人気のない通学路を全力疾走しながら、私は何度もわめいた。「勝った！　ウピー！　勝っちゃった！　投げ飛ばしてやった！」

家に戻った私はなぜか猛然と冷蔵庫に駆け寄って、中にあった20％引のエクレアを立ったまままもりもりと食べた。んー、甘い！　これってあれ？　勝利の味？

最初のうちはそんな感じで浮かれてたけど、そのまま着替えもしないで夕方のニュースを見てたらだんだん興奮が冷めてきて、代わりに恐怖がこみ上げてきた。

あんな大技がたまたまきまって勝てたからよかったけど、負けてたら私、どうなってたの？　まさかあの変態オタク風青年の手で？　……やだ。怖い。考えたくない。

四角くて生真面目なおじさんの顔が、なんだかいきなり目に浮かんだ。

時間にはまだ早すぎるけど、シャワーを浴びて歯も磨いた私は、いつもの服をバッグに詰めて家を出た。一人で家にいるのが怖いって思ったのは、かなり久しぶりかも。

先週は二十分もかかった道だけど、今日はたぶんその半分くらいの時間しかかからなかったと思う。ていうか先週が時間かかりすぎ。気が進まなくてトボトボ歩いてたから。

市営体育館脇の武道場に着くと、中から子供たちのにぎやかな声が聞こえてきた。あそうか、まだ子供の部が終わってないんだ。たとえ子供でも、人がいっぱいいる所に来るとなんだかほっとする。

道着姿のおじさんに頭を下げながら道場の端っこをサササッと通った私は、更衣室に入っていつもの服に着替えた。おじさんとかほかの生徒さんたちは「道着と呼びなさい」

ってうるさく言うけど、私は意識して「服」って呼んでる。だってこれ、柔道着みたいでしょ？　花も恥じらう乙女がそんなの着て護身術の稽古《けいこ》にいそしんでるという事実は、なんか認めたくない。いやまあ、柔道やってる女の子には悪いけど。

どうせなら、合気道みたいな袴《はかま》をつけたかった。あれってふわっとしててけっこうかわいいし、いかにも大和撫子《やまとなでしこ》っぽいでしょ？　でもおじさんの説明によると、合気道で袴を身につけられるのは有段者か、それじゃなくてもある程度経験を積んだ人だけなんだって。じゃあどっちみち無理。護身術だろうが合気道だろうが、そこまで極めたいなんて気持ち、ぜんぜんないから。

おじさんの掛け声で、五歳くらいから六年生までの子たちが畳の上にびしっと並んで正座した。よく訓練されてるなあ。

短い「本日のまとめ」みたいな話のあとに全員で深々と礼をして、解散。ちっちゃいのがわらわらと散っていく。

「カナちゃん、今日はやけに早いな。何かあったのかい？」

暴れ足りない子たちの奇声が飛び交う中でも、おじさんはこっちの変化を敏感に察知したらしい。さすが元自衛官。

「いや、なんもないっす。ちょっと時間空いちゃったんで」

このおじさんを前にすると、なぜか体育会系の口調になるっす。親戚《しんせき》なのに、変に緊張させられるんだよなあ。

「先生さよーならー」

「はい、さようなら」

道着のまま帰っていく女の子たちを、おじさんは目を細めて見送った。へー、こんなやさしげな顔できるんだ。現役の頃からは想像がつかない。

おじさんがここで護身術教室を始めたのは二年前。五十六で自衛隊を退官したんだけど、隠居するにはまだ早いから故郷でもうひと頑張りしようってことだったらしい。でも、一年目はなかなか生徒が集まらなくてずいぶん苦労したんだとか。

そこで白羽の矢をブッ刺されたのが私ですよ。

こわい長男に頭が上がらない末っ子が、おのが娘を生贄《いけにえ》に差し出したというわけ。この末っ子とその嫁がまた狡猾《こうかつ》で、あろうことかお小遣いをおじさん経由で渡す方式に変更してくれやがった。これじゃ嫌でも通わないわけにいかないよ。

そういうわけで私はこの一年ちょっと、不本意ながらおじさん主宰の護身術教室に通わされてる。この教室はジャージでも参加可能で、半分くらいの人はそうしてるんだけど、姪《めい》の私は親戚のみのスペシャル特典として道着の着用が義務化されてる。その点もまた不服。

稽古があるのは火曜と金曜の週二回だけど、親にゴネまくってなんとか金曜だけにしてもらった。もちろん、通ってることは学校の友達には内緒。やっぱ恥ずかしっすよ。

でも、自分で言うのもなんだけど、たぶんね、私は幸運の女神ですよ？　だって私がここに通うようになってからだもん、生徒が増えてきたの。

「どうした、にやけて」

　おじさんに言われて、頬が緩んでいたことに気づいた。

「いや、なんでもないっす」首を横に振ってから、ちょっと考え直しておじさんに聞いてみた。「私、強くなってますよね？」

「うーん、そもそも『強さ』とは何かということから考えてみると――」

　あー、そのへんの話はいいです。

　私、めんどくさそうな顔したみたい。おじさんはすかさずわかりやすい回答に切り替えてくれた。

「身体能力にかぎっていえば、強くなっているだろうな。少しずつ着実に上達している。もっとも、こういう変化には自分ではなかなか気づかないかもしれないが」

　や、自分で気づきましたよ、今日。ガチで襲ってくる変質者を投げちゃったもん。

　いつもやらされてる型が、本番であんなに自然に出せるとは思わなかった。こう、背後から回された相手の腕を両手で取って固めて、重心を前に置いて相手を腰に乗せる。で、膝《ひざ》を一気に伸ばしながら腰をひねって、肩から相手を飛ばす感じ。すっごいきれいにきまった。正直、気持ちよかった。

　でもそんなこと報告したら、おじさん確実に大噴火するな。だっておじさんの教えの基本は「危ない場所は避けろ。襲われそうになったら走って逃げろ」だもん。立ち向かうのはあくまでも最終手段なんだって。だからなのか、この道場もどっちかというと健康維持とかストレス解消とか、あと、子供の情操教育なんかを売りにしてる。おじさんにあー、言いたい。自衛隊仕込みのあんたの教えは至極実戦向きだぜって、言ってあげたい。でも、言えないよなあ。

「こんばんはー」私がうずうずしている間に、おばちゃんグループがやってきた。「あらー、カナちゃん早いわねえ。お小遣いの前借り？」

「だいたいそういう感じです」

アーッハッハッハとしゃがれた声で笑って、おばちゃんたちは更衣室に消えてった。子供の部をもうひとコマ増やすという話もあるみたいだし、いまのおばちゃんたちみたいな、どう見ても護身術なんて必要なさそうな層の需要まで掘り起こしたわけだから、この教室もしばらくは安泰かな。

「カナちゃん」おじさんの声が低くなった。「本当に、何もなかったのかい？」

まずい。気取られてる。

「えー、なんもないっすよぉ」

「いや、どこかちがうな。いつもは下を向きながら遅れて入ってくるだろう」

人を殺す術《すべ》を知る軍人の目で、おじさんが私の目をじいっと見つめる。

「それはそのー、なんていうか、日々の積み重ねの中でちょっとずつ面白みがわかってきたというか、汗をかくことの気持ちよさを学んだというか、なんだか自覚とやる気が出てきたというか」

キャーッ。言うに事欠いて心にもないことを口走ってる、私。

「そうか……。そうか！　カナちゃんもついに本気になってくれたか！」

や、うそうそ。本気じゃないです！　そんな喜ばないで！　喜びのあまりYMCAでも踊りだ
おじさんははじける笑顔で私の肩をバンバン叩《たた》いた。喜びのあまりYMCAでも踊りださんばかりの勢い。どうしよう。おじさんのハートに火をつけてしまった。

まずいことになったと手をこまねいているうちに、春田《はるた》さんとか浅木《あさぎ》さんとかの大学生やOLさんも道場に集まりはじめた。ああ、時間切れ。

話の流れで「本気宣言」をしたことにされてしまった私は、泣きたい気持ちで準備体操に加わった。

六月十三日　金曜日

合板の小さなテーブルに、コーラの缶がコンと置かれた。

「これ、よかったら飲んで」

細身のメガネを掛けた店長が、僕に笑いかけながら缶コーヒーのプルトップを開けた。

「どうも。……いただきます」

会釈して、よく冷えたコーラのプルトップを引く。ひと口飲んでみて驚いた。店外の

自動販売機で売られているごく普通のコーラなのに、滲《し》みるほどうまいのだ。

書店の狭苦しい休憩室の中、三十そこそこらしい店長は人のよさそうな顔で尋ねてくる。

「どう？　実際に半日働いてみて。やっていけそう？」

「……いや、まだなんとも」

僕の声は、我ながらうんざりするほど陰気で覇気がない。アルバイトとはいえ、これでよく採用されたものだ。

「まあ、誰でも最初はちょっとたじろぐんだよね。ただ本売るだけじゃなくて、覚えることが案外たくさんあるから」

店長の言葉どおり、アルバイト初日から僕は基礎知識や規則をたっぷりと詰め込まれた。仕事の煩雑さだけで面食らってしまい、紹介された何人かのパートさんの名前などはまったく覚えられなかった。

郊外型の平屋の店舗なので売り場面積は限られているのだが、それでも扱っている商品の種類は膨大で、とても覚えきれそうにない。店長はどこに何があるかすべて頭に入っているらしく、僕に説明しながら雑誌の入れ替えをてきぱきとやってみせた。僕がやったら閉店までかかるだろう。

飲食店やコンビニよりは楽だろうと思って面接を受けたのだが、考えが甘かったようだ。体力面でも知識面でも、ついていける自信がまったくない。マンガの単行本に「雑誌扱い」と「書籍扱い」の二種類があることすら知らなかった僕に、書店員など勤まるのだろうか。

　僕の背後で内線電話が鳴った。一瞬顔を見合わせてから、店長が体を伸ばして受話器を取る。今のは僕が出るべきだっただろうか。

「はいはい、行きまーす」受話器を置くと、店長は早口で言った。「タイムカードの押し方は――、あ、そうか、まだ作ってなかったんだ。今日の分はこっちでちゃんと付けとくから心配しないで。あと、休憩室の鍵《かぎ》は僕か、いなければ誰かカウンターにいる人にでも渡しておいてくれればいいから」

「あ、はい」

　座っていたパイプ椅子を元に戻し、店長は僕に確かめるように言った。

「明日も、来てくれるよね？」

　一瞬、返事に迷った。

「……はい」

「うん。明日も頑張ろう。今日はいろいろ教えすぎちゃったけど、ひとつずつ覚えていけばいいから。じゃあ、おつかれさま」

　飲みかけのコーヒーをテーブルに置き、店長は売り場に戻っていった。

　渇いた体が求めるままにコーラを流し込む。喉《のど》の奥ではじける炭酸が痛く、不思議に心地いい。

ここ二年あまり、僕にかけられる言葉といえば、「そんな生き方が通用すると思っているのか」か「いつまでそうしているつもりなの」のどちらかと相場がきまっていた。そんな具合に家族からも半ば見捨てられていたのだから、「頑張ろう」などと励まされてしまうと、体の中がむず痒《がゆ》いような気分になる。

コーラを飲み終えて休憩室の鍵を閉めた僕は、今日から同僚となった人たちの「おつかれさま」の声に曖昧《あいまい》な愛想笑いを返しつつ店を出た。

自転車に跨《また》がると、僕は国道を自宅とは反対方向へと漕《こ》ぎ出した。久々にたくさんの人と会って言葉を交わしたせいか、好きなマンガの最終回を読んだあとのように頭がのぼせてしまっている。こんなよそ行きの精神状態では、なんとなく自分の部屋に戻りにくい。

西に傾きかけた陽射しが眩《まぶ》しい。これまでの僕の生活パターンであれば、「朝食」を食べ終えてそろそろパソコンを立ち上げようかという時間なのだが、今日はすでにひと仕事終えている。世間的にはこの状態のほうが正常なのかもしれないが、慣れないせいかなにか妙な具合だ。ベッドで寝ているはずの時間に人からものを教わっただけなのに、四〇〇〇円あまりの金を稼いでしまった。

そもそも、僕はあの書店で働くつもりなどなかった。僕より体の小さい女性に投げ飛ばされたのが不思議で、そして不本意で、その秘密を探ってやろうと格闘技関係の本を探しに出掛けたに過ぎなかったのだ。

柔術や合気道、軍隊式の格闘術など、棚にはいくつかそれらしいタイトルがあった。が、どれも二〇〇〇円前後する物ばかりで、親からの小遣いでやりくりしている身には手を出しづらい。万引きしようかとも思ったが、発覚を恐れてしかたなく一冊だけレジに持っていった。先週の金曜の件であの女子高生が被害届を出しているかもしれないので、警察に突き出される事態だけは避けたかった。

この一週間は生きた心地がしなかった。玄関のチャイムや電話の呼び出し音が鳴るたびに、警官が捕まえに来たのではないかと縮み上がった。それまで安住の地であった自室は、いまや拘置所に様変わりしていた。何もしていないと不安でたまらず、静けさが恐怖心を掻《か》きたてる。書店で〈パート・アルバイト募集〉の貼り紙に目が留まったのには、そういう心理状態が多少なりとも影響したのだろう。僕は六畳間でひとり怯《おび》えるよりも、人目についてでも気を紛らす方を選んだ。それに、どうせ逮捕されて被告になるのなら、「二十二歳無職」よりも「二十二歳アルバイト店員」の方が多少なりとも裁判官の心証がよくなるのではないかという計算もあった。

ただ、僕の見方では、先週の金曜のことは事件ではなく事故だ。事実、僕はあの女子高生のおなかのあたりに手を回しただけであり、胸やお尻《しり》にはいっさい触れていない。これでは強制わいせつ未遂どころか痴漢にもあたらないのではないだろうか。だいたい、女の子とキスすらしたことのない僕がそんなひどいことをするはずがない。

なけなしの小遣いをはたいて買った軍隊式格闘術の本によれば、彼女が使った腕を取

って の背負い投げは、護身術にはしばしば見受けられる技らしい。咄嗟《とっさ》の出来事とはいえひどい仕打ちだ。僕は彼女ともう少し一緒にいたくて近づいていったにすぎない。それを向こうが勝手に勘違いして逃げようとしたから、誤解を解こうと引き止めただけだ。まちがっても、彼女を力ずくでどうにかしてしまおうなどとは思っていなかった——はずだ。

僕の自転車はあの笹藪《ささやぶ》に向かっている。あの女子高生が今も同じ道を使っているとは思えないが、もし会えるのならきちんと誤解を解きたい。そして、警察に被害届を提出しているのなら取り下げさせたい。話すことさえできれば、聞き分けがよさそうな彼女ならきっとわかってくれるはずだ。

＊

「ぎょっ！」

突然の物音と人影に、私は短く叫んだ。

びっくりすることを「ぎょっとする」っていうけど、いやほんと、すごく驚いたときってそういう発音になるんだ。初めて知った。

なんて感心してる場合じゃない。笹藪の中から飛び出してきたあの変態抱きつき魔が、二歩半の距離でじっとこっちを見据えている。大ピンチだ。

きのうまでは警戒して道を変えてたんだけど、あれから一週間経ったからもうほとぼりが冷めただろうと元に戻したのが失敗だった。こいつ、ぜんぜんほとぼり冷ましてない。

ええと、おじさんはこういう時どうしろって言ってたっけ。あー、もう！　適当に聞き流してたから思い出せない。そうだ、とにかく相手を観察するんだ。

武器は……、持ってないみたい。こいつジーパン穿《は》いてるから、蹴《け》りは使いにくいはず。ダッシュで逃げきれるかな？　や、無理。この前それで追いつかれたし、私はローファーでこいつはスニーカー。勝負は見えてる。

じゃあ、どうする？　ええと、緊張緩和を図るんだっけ。なるべくにこやかにして、相手を迎え入れるように手を広げて、こっちには戦う意思がないことを表情、態度、言葉で表現する。できるかな？

「えっと、あの、もし気分を悪くしたならごめんなさい。怒らせるつもりはないんです。な、仲良くしましょう、ね♥」

やーっ、なにこのプリンセスライクなかわいい声。「ね♥」だって。

敵の顔から、すっと緊張が消えていく。

「ああ、やっぱり君は僕が思ったとおりの人だ。僕のことを理解してくれてたんだね」

なんだ理解って。

やだ。近づいてこないでよ。おかしい。なんかちがう。説得すれば相手も冷静になって離れてくれるんじゃなかったっけ。

ヤッベ！　今のは「酒場で喧嘩《けんか》を売られた場合の対処法」じゃん！　ヤベー、ヤベー、聞き流していいやつ覚えてたー。どどどどうするんだっけ。変質者に襲われかけた場合は――

「ちっ、近づくな！　あと一歩でも近づいたら大怪我しますよ！」

そう。敵意剝《む》き出しで威嚇するのが正解だった。

とっくに目の前まで迫っていた相手が、困ったような腹を立てたような変な顔をした。

あ、そりゃそうか。「仲良くしようね♥　そして危害を加えてやる」って、言ってること支離滅裂だもん。うわー、私、火に油を注いでるんですけど。

「なんだよ」相手の目が細くなった。「なんでそんなに怯えてるんだよ」

怯えるにきまってんじゃん。変質者と一対一だよ？

敵は自分の顔を指差して、笑顔に見えなくもない気持ち悪い表情を作った。

「お、おれのこと、悪い奴だと思ってる？　だったらすごい勘違いしてるよ」

は？　だってあんた悪い奴でしょ？

『勘違い』って……。力いっぱい抱きついてきたのに勘違い？」

「自分から誘惑しておいて、なに言ってるんだよ」

「へ？　誘惑？」

私、いつの間にそんなことを？

「おれだって男なんだ。女子高生にパンティー見せつけられたら、健康な男ならおかしくなっても不思議じゃない」

うっわー。すっげー一方的な解釈。なんだそれ。あんたなんかに見せつけてないって。なにが健康な男だよ。あんたの精神はめちゃくちゃ不健康じゃん。だいたいなに？「パンティー」なんて単語、口に出して恥ずかしくないのか。

黙ってたらダメだ。理屈を軽々と超越してるこいつにバカ負けする。何か喋《しゃべ》って、「敵意剝き出しで威嚇」しないと。

「じゃあ、じゃあ、パンチラ見られたら、襲われても文句言えないって言うんですか？」

「そんな短いスカート穿いてるのが悪いんだ。そもそも、先週のは事故なんだよ。そっちが逃げるから追いかけただけだ」

お前は犬か。

「とにかく離れてよ。また同じことしてきたら警察呼ぶから」

あ、まずい。「警察」って言葉は相手を逆上させる場合があるから、うかつに使っちゃいけないって前におじさんが言ってた。

「警察に言ったの？　この前のこと」

「え？　ううん。言ってない言ってない」

敵が、見るからにほっとする。

「そうだよね。あれは事故なんだってわかるよね」やめて。その慈しむような眼差《まなざ》し。

「だいたいおれって、そんなひどいことする人間には見えないでしょ？」

見える。でも、正直に言わない方がいい。

「う、うん。基本的に、悪いことできる人じゃないと思う」

だから今すぐ離れてよ、と言う間もなく男が満面の笑みを浮かべた。

「わかってくれたんだ。よかった。じゃあ、こんな陰気な所じゃなんだから、場所変えようか」

いやです。

私が固まってると、敵は「どうしたの？」と不思議そうに首を傾げた。

「一人で行ってください」

「どうして？　すぐそこの開けた所に行くだけだよ」

男が私の左の手首を掴《つか》んだ。夏服の、剝き出しの手首を。ぞわぞわっと鳥肌が立った。

「きひゃーーっ！」

掴まれた左腕の指をぴっと揃えて伸ばして、肩の高さまで持ち上げたところまでは自覚的に対処した。でも、そこから先は体が勝手に動いた。

もう片方の手で相手の右手を取って固めると、敵はもうこっちを掴んでられない。自由になった左手で外側から敵の二の腕を掴んで、肘《ひじ》関節をめいっぱい伸ばす。さらに左脚を前に踏み出して、自分と敵の位置関係をほぼ横並びにする。

「イデデデッ」

情けない声を耳にして、私は我に返った。肘の痛みに耐えきれず、敵は腰を折って前かがみになっている。

わ、すっごい。私、完璧《かんぺき》に相手を制御してる。おじさんのお手本とそっくり。でも、ここで不用意に手を放すと反撃されるっておじさんは言ってた。

私はボートのオールを押し出すように、極《き》めたままの相手の右腕を斜め前方に突き出した。いとも簡単に、相手が顔から地面に倒れる。念のため、うつぶせの背中の上に膝《ひざ》を立てて動きを封じる。わー、できたできた。

「イダイ！　イダイ！　放して」

変質者のくせに、まともな人みたいな声で懇願する。

「あの、私は帰りますけど、ぜったい追いかけてこないでください」

「………」

返事がないので、腕を摑んだ手にもうちょっと力を加える。

「わかった？」

「わかった！　わかった！」

相手がかすかに頷《うなず》いた。顔がこっちを向いてるのは、痛みを少しでもやわらげようとして必然的にそうなるからなんだって。この角度だと、スカートの中見えてるかも。でも大丈夫！　ショートパンツ穿いてるから。

「また襲ってきても無駄。何度でも返り討ちにしてやるから。やれるもんならやってみろ！」

もう一度警告してから、私は手を放した。あとはもう、我が家目指して猛ダッシュ。すごいよ私。また勝った。なんかゾクゾクする。こういう感じ、日常生活ではぜったい味わえないよなあ。ともかくこれで二連勝。ひょっとして天才？　や、相手が弱いだけか。あと、「やれるもんならやってみろ」は余計だったかも。

そうだ、今日は金曜だ。シュークリーム食べたらおじさんのとこに行かなくちゃ。

六月二十日　金曜日

「もう、そんなに小さくならなくていいわよ」

堤《つつみ》さんが丸い手で僕の背中を叩《たた》く。

「すみませんでした」

レジに入ってわずか五人目の客で、早くも堤さんに迷惑をかけてしまった。午前中の空いている時間帯だからまだいいものの、場合によってはレジ前に長い行列ができていただろう。

客が出した図書カードは二枚あった。端数の残ったものと、未使用のものだ。端数の方を使い切って、不足額を未使用カードから引いてほしいと客から言われたにもかかわらず、緊張していた僕は未使用の方から全額を引き落としてしまった。

五十歳くらいの男性客は僕の手から二枚のカードをひったくり、聞こえよがしに舌打ちして出ていった。堤さんがとりなしてくれたから、まだその程度で済んだのだ。

耳のあたりが熱い。こわばりをほぐそうとするのか、無意識のうちにため息が出る。

「ごめんね、私がちゃんと見てあげなかったから。図書カードの機械って使いにくいのよね、反応悪いし」

パンパンに膨らんだ福々しい顔をしかめて、堤さんが言った。倍の年齢のパートさんに詫《わ》びられては、恐縮するほかない。

「いや、そんな、僕が悪いんです」

「レジは緊張する？」

「はい」

子供のように素直に頷いてしまった。

「誰だって最初はそうなのよ。私なんて『ブックカバー恐怖症』だったもの。本の大きさに合わせてカバーを折るだけのことなのに、お客さんに手元を見られると焦ってうまくできないのよね。もう、曲がっちゃったりビリッて破いちゃったり、たいへん」

僕の五倍は作業が速くて正確なこの人に、そんな時期があったとはとても思えない。

店長も堤さんのことは「カバー掛けの達人」と評しているのだ。

「それは、どうやって治したんですか？」

「そうねえ」太く短く器用な指を顎《あご》に当て、堤さんはしばらく思案した。「もう辞めちゃった先輩パートさんから教わったことなんだけど、お客さんとちゃんと目を合わせるといいって言われたわね」

客の顔を見たところで、カバー掛けが上達するとも思えないが。

よほど不思議そうな顔をしていたのだろう。堤さんがくすりと微笑んだ。

「一人ひとりと目を合わせているとね、『お客様』がだんだん『人』に見えてくるのよ。ほら、『お客様』が相手だと思うと、粗相のないようにって硬くなるでしょ。クレームつけられないかしらなんてハラハラしたりもするし。でも、相手が人なら怖くはないじゃない。こっちも人だもの。もちろん言葉づかいとか態度には気をつけるけど、構えすぎてもいけないのよね。焦らず力を抜いて、自然体の応対を心がければ、スピードはあとからついてくるわよ」

何か、大切なことを教わった気がする。

「勉強になります」

「あらやだ私。子供にお説教してるみたいな言い方になっちゃったじゃないの」

堤さんはまた僕の背中を叩き、樽《たる》のような体を揺らして笑った。

「お子さん、いるんですか？」

「あらなに、お世辞？　そんなに若く見える？」そんなつもりはなかったが、堤さんは都合よく解釈してくれたらしい。「もちろんいるわよ、娘が一匹。シュークリームとかプリンとか大好きなの。口の周りにクリームつけて、『また太っちゃう』なんて文句言うのよ。笑っちゃうでしょ」

話の内容からすると、小学校高学年あたりだろうか。洋菓子を頬張りながらぷりぷりしている姿が目に浮かぶ。

女性誌を手にした客が、レジに向かってくる。よし、今度はちゃんと目を見て応対してみよう。

＊

「いたたたたっ」

浅木さんが小さな悲鳴をあげた。

「あっ、ごめんなさい」しまった。うっかり力入れちゃった。「大丈夫ですか？」

「うん、平気」

浅木さんはちょっと涙目になって、道着の上から肘をさすった。下唇の噛《か》み方がかわいいっ。六つか七つ年下の私から見てもかわいいんだから、職場の男たちから見たらもっとかわいいんだろうなあ。そりゃ護身術のひとつも習いたくなるわ。

浅木さんは今年に入ってから始めた人なんだけど、もうね、かわいいの。稽古《けいこ》のときはゴムで髪をまとめてるんだけど、うなじあたりのほつれ具合とか完璧。ぐっとくる。

稽古はしんどいけど、この人と組手やってる時間だけは別。厚地でゴワゴワの道着も、浅木さんのだけは着心地がよさそうに見えるのはなぜ？　私のは一年着続けてもぜんぜんこなれなくて、この前なんか柔軟剤ドバドバ入れて洗ってみたら、組んだ人全員から「すっごい滑るよ」って怒られたのに。

「じゃ、もう一回やろうか」

額の汗を拭《ぬぐ》って、浅木さんがにこっと微笑む。ああー、かわいいなあ。

「カナちゃん、ちょっと」

おじさんが手招きしてる。なんだよ、いいとこだったのに。

組手を続けている人たちの間を縫って駆け寄ると、おじさんはいつも以上に厳しい顔で言った。

「今度から組手は、なるべく男性とやりなさい」

やです、って言いたいけど、こわいから言えない。

「私は、浅木さんとがやりやすいっす」

「カナちゃんはそうかもしれないが、浅木さんがやりづらいんだよ」

「え、もしかして私、嫌われてる？」

「そうじゃない。カナちゃんのプレッシャーがきつくて、浅木さんの練習にならないんだ」

振り返ってみると、浅木さんは両手を膝についてゼエゼエやってた。たしかに今日はいやに簡単に体勢を崩せるし、息が上がるのが早いなあとは思ったけど、そんなにガンガンやったっけ？

「カナちゃん」おじさんの声で、私は視線を元に戻した。「最近、なんだか活《い》き活きしているな。彼氏でもできたのかい？」

いいえ。変態抱きつき魔から一方的に慕われてるだけです。

私が「まさか」と笑うと、おじさんは「そうかそうか」と満足げに頷《うなず》いた。そこで喜ぶなよ。

自分に子供がいないからかもしれないけど、おじさんは姪《めい》の私を娘みたいに思ってくれてる。だからどうしても、護身術を身につけさせたかったんだって。

そんなおじさんの気持ちを思えば、私がつい何時間か前に変質者に待ち伏せされて、あやうく倒されそうになったところを首を取ってブン投げたなんてことは口が裂けても言えない。いわんや今日が三戦目であったことをや。

家で念入りに手を洗ったけど、まだ顎のジョリッとした感触が残っている。うー、やだ。

でも、今日のはちょっとヤバかった。目のフェイント使われた。「相手を見るともなしに見て、体幹の動きだけに注意を払え」って教わってたのに、あの男がものすごく真剣な目で見てくるから、つい視線につられてしまった。

左腕を取られる、と思ったら敵が取ってきたのはガラ空きの右腕。しかも両手を使ってきた。

たとえ両手で握られたとしても、綱引きの綱を掴《つか》むような手のひらの向きが揃う持ち方だったら、抜くのは簡単。でも、敵は雑巾《ぞうきん》しぼりみたいな左右あべこべの握り方をしてきた。あれは想定外だった。どういう体系にある技かわかんないけど、あれは一種の「護身術破り」だ。「やれるもんならやってみろ」なんて捨て台詞《ぜりふ》がまずかったかな。ほんとにやってくるんだもん。

たまたま空いてる手で相手の人差し指を取れたから、引きちぎらんばかりに反らせて引き倒しから脱出できたけど、内容は紙一重だったと思う。

私には、あの男が格闘技の心得のある人間には見えない。でも、確実に研究と訓練をしてきてる。腕を掴みにくるスピードは速いし力も強いし、地面に転がすときには腰の粘りを感じた。だから一戦目みたいな大技は、たぶんもう通じない。それどころか、週一の稽古じゃ追いつかれるかも。

やだ。負けるのはやだ。「護身術破り」には「護身術破り破り」で対抗してやる。そうだ、今度から金曜はブラウスじゃなくてポロシャツ着ていこう。ポロシャツの方がぜんぜん動きやすいから。

どうせなら、金曜だけじゃなくて火曜もここに来てみようかな。来月期末テストだから、その前までの期間限定ってことで。あ、そうだ。交換条件で今度こそ自転車買ってもらえるかもしれない。

六月二十七日　金曜日

四戦して四敗。

「日本シリーズなら私の優勝ですね」

倒れた僕を見下ろし、肩で息をしながら彼女は言った。

研究に研究を重ねた「護身術破り破り破り破り」は、彼女の「護身術破り破り破り破り破り」の前に敗れた。ややこしい。

関節技にあえて逆らわずに倒れこみつつ、相手を中心に周回しながら脚を掛けるという戦法は悪くなかった。しかし彼女は素早く脚を上げ、一か八《ばち》かの掬《すく》い技から逃れた。そうなればこちらにはもう策はない。僕は土埃《つちぼこり》をたてて背中から地面に倒れた。

彼女が脚を上げたのが咄嗟《とっさ》の反応だったのか、僕の動きを読んでいた結果なのかはわからない。言えるのは、彼女は強いということだけだ。

今日の戦いも完敗だったが、収穫はあった。これまでの三戦ではいずれも数秒以内に勝負が決していたが、今日はずいぶん粘ることができた。二十秒は持ったのではないだろうか。

僕が上半身を起こすと、ポロシャツの裾《すそ》を整えていた彼女がさっと身構えた。右足を後ろに引いて半身になり、軽く開いた両手をみぞおちの高さに置いた、いつもの構えだ。

隙がなく、美しい。

「いや、ちがう。今日は負け。今日は負け」正座のままあとずさりして戦う意思がないことを示し、僕は続けた。「今日は負けたけど、でも、次こそは勝つから」

ファイティングポーズを解いた彼女の目尻《めじり》が、わずかに下がった。微笑んだのだろうか。

「ま、何度やっても結果は同じですよ」

彼女はそう断言すると、新品の自転車に乗って意気揚々と去っていった。

今、僕の目は自室の小さなテレビに向けられている。が、意識はそこには向いていない。アルバイトのことや彼女との勝負のことなど、考えることが多すぎてテレビを気にする余裕がないのだ。

タイマーが鳴った。もう一分経ったか。

持ち上げていた首を下ろし、床に寝そべる。顎《あご》から耳の下までがカッカと熱い。始めた頃は三十秒も続けられなかった首回りの筋トレだが、今では一分くらいなら耐えられるようになった。

「はははは」という抑揚のない笑い声が耳に入った。テレビ画面の中で、お笑いタレントがコントを演じている。面白くはないが、タレントが何か言うたびにスタッフは一生懸命笑っているようだ。くだらないので消した。

首上げのつらさを紛らすために適当なチャンネルを点《つ》けていたのだが、画面の中の空騒ぎは、ものを考えるのにかえって邪魔になる。そう、テレビなど見たくないなら見なくてもいいのだ。少し前までの僕は、そんな簡単なこともわからなかった。

汗をかいてきたので窓を開けた。梅雨のひんやりとした夜風とともに、無数のカエルの鳴き声が部屋に入ってくる。愛嬌《あいきょう》のあるその声に耳を傾けつつ、僕は手首をさすった。まだ痛みが残っているので、今日は腕立てをやめておいた方がよさそうだ。その代わり、腹筋とスクワットを二十回ずつ増やそう。

しばらく夜風にあたったあと、タイマーを一分半にセットして寝転び、再び首を持ち上げた。

倒されても地面に後頭部を打ちつけなかったのは成長の証《あかし》だ。最初に買った格闘術の本には「理論の前にまず鍛錬」としつこいくらいに書かれてあったが、まちがってはいないようだ。

もちろん、理論の方も熟読し、頭に叩《たた》き込んだ。知れば知るほど、格闘技や護身術は面白い。足を踏み込む位置、手の取り方ひとつとっても明確な論理の裏づけがあって、それを知るのはパズルを解くような快感がある。

ただ、「打撃」に関する項目だけは読み飛ばした。パンチやキックで彼女に怪我を負わせたくはない。僕にこんなことを語る資格はないが、傷ついた彼女の姿を見たくないのだ。

最初に買った一冊はほとんど読んでしまったので、僕は先週さらに二冊を買い足した。

アルバイト先では従業員割引が使えるのだ。自分でレジを打ち、カバーを掛けて本を買うのは面白い経験だったが、おかげで財布は軽くなった。来月の給料日まで持つだろうか。

店長が言ったこと、真剣に考えてみるか。

ふと、そんなことを思った。

「働く時間、増やしてみない？」と店長が話しかけてきたのは今日の休憩時間のことだった。僕は現在のところ週五日、一日六時間勤務で働いているのだが、これを七時間か八時間に増やせないかという話だった。時給は十円増やしてくれるという。

もちろん悪い話ではない。今の勤務時間では学生バイトに毛が生えたほどの収入にしかならないが、それが十万円以上になる。二万か三万くらいなら家に金を入れることもできるから、家での肩身の狭さはいくらか解消されるだろう。

ただひとつ問題なのが、退勤時間だ。今は朝九時から一時間休憩を挟んで夕方四時までのシフトなので、その後休憩室に長居さえしなければ五時前に笹藪《ささやぶ》に行くことができる。しかし帰りが遅くなれば当然、彼女には会えなくなる。

だから、次が彼女との最後の戦いになるかもしれない。

心によぎったそんな思いを強引に打ち消したそばから、もうひとつの思いが湧き上がってくる。

このまま戦いがエスカレートしていったら、そのうちどちらかが取り返しのつかない怪我をしてしまうのではないだろうか。僕はいつまで彼女に甘えるつもりなのだろうか。

タイマーが鳴った。考えていても始まらないので、とりあえず疑問は棚上げだ。首を回して筋肉をほぐしたら、次はスクワットをしなければ。

七月四日　金曜日

開けっぱなしの教室の窓から、湿っぽくて生暖かい風が吹き込んできた。

「あー、降るかもね」

「降るかもね」

お弁当の箸《はし》を止めて、みおと綾乃が頷《うなず》きあう。

私もご飯を咀嚼《そしゃく》しながら、二人の視線の先を見上げた。さっきまでは眩《まぶ》しくてまともに見られないくらい晴れてた空が、今はいかにも雨をいっぱい溜《た》め込んでそうな黒い雲に覆われている。

「ヤバイ。傘忘れた」

「あたしは持ってきた」

「私もー」

みおと綾乃はお互いの用意のよさを褒めあって、ついでに私のうかつさをこき下ろした。「天気予報見なかった?」なんて言われても、こっちはそれどころじゃない。こう来たらああして、ああ来たらこう動いてって、朝からあの男との戦いのシミュレーションばっかりしてるんだから。

「五時間目の数学、雨天中止になんねーかなあ」

みおが無茶なことを言う。

「ねー、ほんと萩本《はぎもと》休んでほしい。酸性雨で溶けろ」同調した綾乃が、やな情報をもたらしてくれた。「知ってた？　あの先生の補習って一日三時間だって。しかも七月中ほぼ毎日」

「うっそ。死んでもテスト落ちれないじゃん。どうする、カナ。三時間だって」

私が数学苦手なの知ってて振ってくるんだから、みおは底意地が悪い。

「とにかく、テスト勉強頑張るしかないでしょ」

言葉と一緒にため息が出る。この前中間テストが終わったばかりだと思ったら、来週からもう期末だなんて。刻《とき》は無情だ。

「カナってさ」綾乃が人の顔をじっと見てくる。「ちょっと痩《や》せた？」

「そう？　そう？　そう見える？」

「んー、なんとなく。今日はブラウスじゃなくてポロシャツだから？　ちがうよね」

あんまり確信はないみたいで、綾乃は首を傾げた。

「どれどれ」みおがいきなり太腿《ふともも》を撫《な》でてきた。ビクッと体が震えてしまう。「いや、脚はあいかわらず太いよ」

投げ飛ばすぞこの野郎。

「あのさあ、いつまで触ってんの？」

私の言葉には無反応で、みおは膝《ひざ》の上をぐいぐいと揉《も》む。くすぐったいからやめろって。

「あ、でも、前より締まった感じしない？」

綾乃もその意見にははっきり頷いた。

「そう。痩せたっていうより、締まったって感じ」

稽古《けいこ》を週二回に増やしたからかなあ。体重は減ってないんだけど、スカートのウエストがちょっとゆるくなった感じはする。つまり、脂肪が落ちて筋肉がついたってこと？

「なんかダイエットやってんの？」

秘訣《ひけつ》を聞きださんと、みおと綾乃が顔を寄せてくる。私はあわてて両手を振った。

「や、なんだろ。べつに特別なことはやってないよ。ええと、ストレッチを少々……」

言ってることは嘘じゃない。稽古なんかで、極《き》まらない程度に関節を伸ばされることはあるから。

でもなあ、道場で週二回、男の人相手に汗まみれになって稽古してるなんて言いにくいよなあ。まして、正体不明の男と週一ペースでガチンコ勝負してるなんて。

なんか雨降りそうだし、今日はキャンセルして道変えようかな。でも、それじゃこっちが勝負を避けたみたいでくやしい。かといって、向こうも成長著しいから今度こそ負けるかもしれない。

あの男、今日も笹藪の中で待ってるかな。待ってるだろうな。「次こそは勝つ」なんて言ってたから。

ほんと、変な人間。大真面目に挑戦してくるから、こっちも大真面目に応じないといけない気になる。

あの人はどんどん研究を重ねてくる。それを負かすことで自分の成長を実感できるのが気持ちよくて、これまでは挑戦を受けて立ってきた。でも、あらためて考えてみると、私ってものすごいリスクをしょってるんだと思う。毎週会ってるからなんとなく顔見知りみたいな気分になってるけど、相手は変質者なんだよね。「女子高生のパンティー」なんて言葉をリアル女子高生に向かって平気で吐けちゃう、危ない人なんだよね。そんな野獣相手にやるか犯《や》られるかの勝負をしてるなんて、怖すぎる。

だから今日で決着をつけて、戦いを終わりにしないと。来週から期末テストだし。

さっきより強くて冷たい風が、教室を吹き抜けた。ふわりと膨らんだカーテンが窓際の席の子の紙コップを倒して中身をぶちまけ、机の周りで悲鳴がおきた。

なんだろこの、嵐の予感。

*

まずい。大遅刻だ。

今日発売のコミックに好きなタイトルがあったので、「これ面白いですよ」とあちこちで力説していたらPOPを書くことになってしまった。

POPなど作るのはもちろん初めてで、ポイントを人に教わりながらなんとか書き上げた時には、すでに五時十分前になっていた。

全力で立ち漕《こ》ぎをしながら、腕時計に目を落とす。五時十二分。彼女はもう行ってしまったにちがいない。

未舗装の道に入って、二度ほど転倒しかけた。暴れるハンドルを力で押さえつけ、ひたすらペダルを踏み続ける。息が苦しい。動かし続けている腿が焼けるようだ。

用水路沿いの道を折れてなおも進むと、鬱蒼《うっそう》と生い茂る笹藪が遠くに見えてきた。自転車のそばに佇《たたず》む人影がある。彼女だ。待っててくれたんだ。

ラストスパートを掛けたとたん、視界のすべてが白く光った。直後に、数千ものドラム缶を一斉に転がしたような轟音《ごうおん》。雷だ。

彼女のもとにたどり着いた僕は両のハンドルのブレーキを力いっぱい握りしめ、転げ落ちるように自転車を乗り捨てた。

「遅い！」

四つん這《ば》いの姿勢のまま酸素を求めて喘《あえ》ぐ僕を叱咤《しった》し、彼女はゆっくりゆっくり安全圏まで後ずさりしていく。

「ご、ごめ……」

言葉にならない。かろうじて顔を上げ、彼女の凜《りん》とした顔を見上げた。

「あの、そのままでいいから聞いてくれますか？」警戒心を保った声で、彼女が話しかけてきた。「うちの学校、来週から期末テストなんです。私は数学が超苦手だから勉強しなくちゃいけないし、それが終われば短縮授業になって、そのあと夏休みになります。だからこうして戦うのは、これが最後です」

「えっ？」

胸がつまるような寂しさがこみ上げてきたが、驚きは大きくはなかった。僕たちの関係はあまりにいびつであり、これまで続いてきたのが奇跡なのだ。

僕の呼吸が落ち着くのを待って、彼女は言った。

「そういうわけで私、今日は全力であなたをブッ倒しますんで」

宣言と同時に黒雲が眩《まぶし》く光り、再び雷鳴が轟《とどろ》く。

ようよう立ち上がった僕の頬を、生温かい水滴が叩《たた》いた。とうとう雨が降ってきた。

雨脚はまたたく間に強まり、僕と彼女の全身に大粒の滴が叩きつけられる。

「降ってきた」

「えっ！」

激しい雨音に邪魔され、こちらの声が聞き取れないらしい。

「降ってきた！　雨！　今日はやめる!?」

「やりましょう！　そのために待っててあげたんだから」

その声で、こちらも決心がついた。「これで最後だなんて言わないでくれ」と心が叫ぶ一方で、頭は「ならばせめて一太刀」と戦いに向けられている。

呼吸を整え、腰を落とした前傾姿勢で様子を窺《うかが》う。白く乾いていた足元の土が、雨に黒く染まっていく。

およそ三歩の距離で半身の構えをとる彼女の頭は濡《ぬ》れそぼり、前髪が額に張りついている。が、その下の二つの目は、状況に戸惑うことなく冷静にこちらの動きを観察していた。

石像のように動きを止めた二人を、七月の雨が容赦なく濡らす。雨はますます激しさを増すものの、その音は耳からしだいに遠ざかっていった。僕の意識のすべてが今、彼女に向けられているのだ。

あの静かな目には、奇襲は通用しない。正攻法でいくべきだ。利き手である右で彼女の左腕を取り、鍛えた全身の筋力で一気に引き倒す。それしかない。

心の中で三つ数え、僕は突進した。

空いっぱいに閃光《せんこう》が走り、ダダダダン、と爆発音にも似た雷鳴が轟いた。

雷に怯《ひる》んだのか、彼女は動けない。僕は一気に距離を詰めた。よし！　あとは腕を摑《つか》んで斜め手前に引くだけだ。いける！

が、左の手首を取ったはずの僕の手は空を摑んでいた。なんだ？　どうして届かない。

コンマ何秒かの間に、足元に目を走らせる。しまった！　彼女の足の位置がいつもと逆だ。逆構え、サウスポー・スタイルだ！

「かかったぁ！」

彼女が勝利の雄叫《おたけ》びを上げ、行き場を失った僕の右腕を両手で掴んだ。負けた。投げられる。

そう覚悟した瞬間、踏んばった足から地面の感触が消え、体から上下左右の感覚が失われた。

ぬかるみで滑ったらしいことに気づいたときには、僕は俯《うつぶ》せに倒れていた。そして目の前に、彼女の顔があった。偶然にも、僕が彼女を組み敷く形になっている。

驚きに目を見開き、彼女は下から僕を見上げていた。五戦目にして、初めて目にする構図だ。

何か、左手が柔らかいものを掴んでいる。泥？　いや、もっと弾力があって、なんともいい触り心地だ。なんだろう。

彼女の胸だった。

「わっ」僕は飛びのき、水溜《た》まりの中で土下座した。「ごめん。わざとじゃないから」

そう釈明したあとで、根本的な疑問に突き当たった。

そもそも僕の目的は、彼女を陵辱することだったのでは？

彼女がむくりと上半身を起こした。よほどショックだったのか、まだ目をまん丸にしている。まさに茫然自失《ぼうぜんじしつ》といった体《てい》だ。

この雨だ。こんな泥道を好きこのんで通る人間はいないだろう。今ならおそらく、なんの憂いもなく本来の目的を達せられるはずだ。

できるのか？

彼女と視線が合った。不思議そうに目を瞬《しばたた》いている。

いや、できるはずがない。僕はなんてことを考えていたんだ。全力で僕の相手をしてくれるこの人を、逃げることなく受けて立ってくれる大切な人を、辱められるわけがないじゃないか。

先に立ち上がった僕は、彼女に手を差し伸べた。

しばらく躊躇《ちゅうちょ》していたが、やがて彼女は僕の手を取ってくれた。

引き起こすと、彼女のポロシャツやスカートの後ろ半分は無残にも泥まみれになっていた。美しい髪までが泥まみれだ。

手を離し、非礼を詫《わ》びる。

「怪我してない？　ごめんね、制服汚しちゃった。あの、二十五日に給料が入るから、それでクリーニング代弁償させて」

「無理ですよ。会うの、今日で最後なんだから」

「あ、そうか」

呟《つぶや》くように、彼女が言った。

「ありがとう」

「え？」

「なんでもないです」

雨と泥に汚れた顔が、ふわりとほころんだ。

その笑顔につられたのか、自分でも思いがけない台詞《せりふ》が口から飛び出した。

「あの、あのっ……、こういう形じゃなくて、もっと普通に会うことはできませんか？

その、たとえば、友達として」

微笑みをかすかに曇らせ、彼女はそっと首を横に振った。

「でも、私は女子高生で、あなたは変質者。友達にはなれないですよ、やっぱり」

ああ、そうか。そうだよな。

「うん。ごめん。転んで頭打ったかな、変なこと言っちゃった」

一向に衰えぬ雷雨の中、僕たちはしばし笑いあった。一縷《いちる》の望みもなくきっぱり拒絶されたからだろうか、なんだか悪くない気分だ。

「ところで」彼女が尋ねる。「さっきのはスリップですよね？　ダウンじゃないですよね？」

「え？」

「二人同時に滑ったんだから、今のじゃ勝ち負けつかないですよね？」

「うーん。どうだろう」

「スリップですよ、スリップ。そう。そうにきまってる。今のはスリップ。私は負けてない。さあ、試合再開。ほらほら、構えて。さっきみたいなグズグズのでなんとなく終了っていうのはやだ。五勝〇敗で完全優勝するんだから」

さっと後ろに退き、彼女は戦闘態勢に入った。変な子だ。

僕は苦笑しつつ、呼吸を整えた。彼女がくれたエクストラ・ラウンドだ。未練を残さぬように、このひとときにすべてをぶつけよう。

「じゃあ、次は遠慮なく倒しにいくから」

「来やがれ！　完膚なきまでにブン投げてあげる」

愛らしい笑顔が消え、眼差《まなざ》しに強い光が宿った。

「いざ！」

水溜まりを蹴《け》り、僕は彼女に向かっていった。

星とミルクティー

鉄橋をひとつ、立体交差をひとつ越えるたびに街灯《まちあか》りは少しずつ数を減らし、夜空が徐々に広く、濃くなっていく。

下りの準急電車はポイントを通過するたびに車体を左右に揺らし、車輪をカーブに軋《きし》ませながら、我が家のある町へと走っている。いつもと変わらぬ速度のはずだが、今夜にかぎっては駅と駅との距離が倍にも延ばされたように感じられる。

ドア横の手すりにもたれかかっていた僕は、スーツの内ポケットから素早く携帯電話を取り出した。胸元で振動したような気がしたのだが、着信はない。またも気のせいだったようだ。これで今夜何度目だろう。

端末を握り締めたまま、細いため息を漏らす。緊張しているのか、風邪をひいたわけでもないのに息も体も熱い。

市立病院から電話があったのは、もう一時間も前のことだ。その時点ですでに規定の終業時刻は過ぎており、できることならすべての作業を放り出して会社から飛び出したいところだったが、そうはいかなかった。今日中に返事を貰《もら》わなければならない得意先からの連絡が遅れに遅れていたのだ。結局二十分ほどあとに連絡がついたからまだよかったものの、もしも待ち時間がその二倍や三倍になっていたらと思うと、今こうして病院に向かっている最中であっても脂汗が滲《にじ》み出てくる。

JRとの乗り換え駅を境に混雑は一段落し、梅雨どきの車内にはとなりの車輛《しゃりょう》まで見通せるくらいのゆとりが出てきた。僕の向かいに立っている初老のサラリーマンが懐からハンカチを取り出し、やれやれといった様子で額の汗を拭《ぬぐ》っている。

このおじさんにも妻がいるのだろうかと、僕にはそんなことがひどく気になった。今の僕のような気持ちで電車に揺られた経験が、この人にもあるのだろうか。あるとするなら、その出来事は今では笑い話になっているのだろうか。それとも、胸が張り裂けるような記憶としてそのとぼけた風体の内側に隠されているのだろうか。

サラリーマンがこちらに気づき、いぶかしげな視線をぶつけてきた。長々と見つめすぎてしまったらしい。すぐさま顔をそむけ、窓の外を眺める。

電車が進むにつれ、マンション群から放たれる蛍光灯の冷たい光は戸建て住宅の玄関灯のぼんやりとした灯りに置き換わり、やがて家々の隙間から農地が見え隠れするようになってきた。

この先三つめの駅で電車を降り、そこからタクシーで十分。どんなにかかっても三十分後には病院に到着しているはずだ。しかし、普段ならなんとなく過ぎてしまうような時間が、今の僕には眠れぬ夜よりもまだ長く感じられる。

何かほかのことを考えてこの時間をやり過ごそうとしてみたが、電話口での看護師の緊迫した声と病室や廊下の冷たい白さを思い出すと、想像はどうしても不吉な方向に傾いてしまう。脳内に広がった血の色をあわてて消し、僕はもう一度ため息をついた。

焦るばかりで先のことも考えられない今の状況が、どうしようもなくもどかしい。これではもちろん携帯電話のゲームで時間を潰《つぶ》すような気にはなれないし、文庫本を開いたところで、どうせ同じ行を何度も目で追うだけだろう。

電車が勾配《こうばい》を上りはじめた。市境の川に差しかかったのだ。空がいよいよ広くなる。

目的地に近づいていることを少しでも感じようと、窓の外に目を凝らす。夜空は晴れているようだが、蛍光灯を煌々《こうこう》と点《とも》した車内から見える星は少ない。しし座のレグルスが西の空に沈みかけているのが、かろうじてわかるくらいだ。

「あ」

窓に額をつけるようにして夜空を見上げていた僕は、口の中で声を上げた。レグルスの上を、細い光が南から北へと一直線に横切ったのだ。ほんの一瞬、まばたきひとつ分ほどの時間の出来事だった。

流れ星だ。

妻の無事を願えばよかったと、星が消えてしばらく経ってから思い至った。そんな余裕などなかったことは、もちろんわかっていたが。

流れ星を目にしたのは何年ぶりだろう。子供の頃は必ずしもめずらしいものではなかったのに、今はなにか特別な現象のように感じられる。昔と比べると、僕も地上の出来事に囚《とら》われることがずっと多くなった。だから、こうして夜空を見上げる機会そのものが少なくなっていたのだろう。

また、星が降る夜に逢《あ》えたらいいね

幼さを残した響きが、耳に蘇《よみがえ》った。

寒さに震えるその声を聞いたのは、もう八年も前の初冬のことだ。とうの昔に忘れたはずなのに、こんな夜に思い出してしまうとは。

川を越えた電車は築堤を駆け下り、通過駅の明るくもの悲しい照明の中を進む。しかし、僕の目には別の光が映っていた。二十一世紀の初めの年に見上げた、数百数千という儚《はかな》く美しい光の雨だ。

＊

その夜、僕は全力で自転車を漕《こ》いでいた。急ぐ理由はなかったが、前のめりになった気持ちにつられてペダルを漕ぐ足もおのずと速くなった。

深夜の一時だというのに、カーテンの隙間から灯りの漏れている家が多い。普段のこの時刻には見られない光景だ。

静かな、しかしどこか浮ついた気配の漂う住宅街を、白い息を盛んに吐き出して自転車を走らせる。

携帯電話に智子《ともこ》からのメールが入ったのは、自宅を出る直前のことだった。

〈親が起きててやっぱり抜け出せない。ごめんね〉

たぶんそうなるだろうと予想はしていた。智子とは付き合いはじめたばかりでまだそこまでの信頼は得ていなかったし、教室で話を持ちかけたときも、彼女はたいして興味を示さなかったからだ。

これがただの夜遊びの約束だったら、僕は外出をとりやめて自室でふて寝をしていたことだろう。しかし、この夜は事情がちがった。「次」がいつ来るかわからない、特別な夜だったのだ。

住宅街を抜けると、視界いっぱいに水田が開ける。今では宅地化の進んでいるその一帯も、八年前の当時はまだ広漠とした農地だった。

ぽつりぽつりと街路灯の立っている農道の両側は、普段であればただひたすらに闇が広がっているばかりで、風のうなる音がひときわおそろしく聞こえたものだ。しかし、この夜にかぎっては様子がちがっていた。稲の刈り取られた田んぼのあちこちで、懐中電灯の黄色い光がちらついていたのだ。その光がしし座流星群を見に来た人たちのものであることは、本人たちに尋ねるまでもなかった。農道には路上駐車の車が点在し、「ほら、あそこ！」と叫ぶ若い女の声が遠くから聞こえ、写るはずもないのに夜空に向けてカメラのフラッシュを焚《た》く光が見えていたからだ。

この調子だと、目をつけておいたあの場所も人だらけかもしれない。

そんなことを危ぶみながら、休まずにペダルを漕ぐ。十一月の夜気に晒《さら》された耳は痛いほど冷たく、絶え間なく動かし続けているジーンズの太腿《ふともも》は、水をかければ湯気が出てくるのではないかと思えるほど熱い。セーターとダウンジャケットを重ね着した背中も汗だくだ。

農道はやがて堤防に突き当たった。民家の屋根よりも高いその土手沿いになおも進む。このあたりまで来ると、路上駐車の車も見当たらなくなった。数百メートル進んだところで舗装された農道を離れ、堤防の斜面に設けられた細い坂道を立ち漕ぎで駆け上る。街路灯の光は届かず、ここから先は自転車のヘッドライトだけが頼りだ。土が剝《む》き出しの坂道は、小石や雑草のせいで状態がきわめて悪かった。

ヘッドライトの光が届くわずかな距離に神経を集中させていたつもりだったが、視界の上の方を流星が二つ相次いで横切ったのがいけなかった。顔を上げると同時に凹凸に車輪を取られ、僕は派手な音を立てて自転車ごと横倒しになった。草の斜面に倒れ込んだおかげか、衝撃こそあったが痛みはほとんど感じない。

転んだショックにしばらく呆然《ぼうぜん》としたあとでふと我に返り、自転車を起こして前カゴの中を手探りする。自宅から持ってきたレジャーシートこそ手袋の先に触れたが、ほかの荷物がない。あわててダウンジャケットのポケットからペンライトを取り出し、スイッチを入れる。見ると、この夜のために用意した双眼鏡がない。それに、途中の自動販売機で買った缶コーヒーもなかった。

ライトを振り回し、光を坂道や雑草の茂みに走らせる。落とした双眼鏡は一万円もした物で、当時の僕としてはずいぶんと奮発した買い物だったのだ。硬貨二枚でおつりが来るコーヒーはともかく、双眼鏡を失うのは経済的にも精神的にもダメージが大きい。

疲労と焦りに息を切らせて草を掻《か》き分けるが、双眼鏡は見つからない。闇にまぎれやすい本体の色と膝丈《ひざたけ》ほどにも伸びた雑草、ペンライトの照射範囲の狭さ、そのすべてに腹が立つ。

腰を屈《かが》めるのに疲れて空を見上げると、またひとつ星が流れていった。寒さとは別の理由で鳥肌が立つ。もともと天体観測が趣味だったので流れ星は何度も見かけてきたが、これほどの短時間に三つも目にするのはもちろん初めてのことだった。今からこの調子だとピーク時にはどんな光景が見られるのだろうと思い、僕は時間を確認しようとダウンジャケットの袖《そで》を捲《まく》った。

ところが、デジタル腕時計の文字盤からは数字がきれいに消えてしまっていた。ボタンを押せばバックライトは点灯するものの、肝心の時刻表示が見られない。竜頭を回してもほかのボタンを押しても、液晶画面は何も映さなかった。

二年半前に高校の入学祝いとして祖母に買ってもらってからというもの一度も電池交換をしていなかったのだから、どのみち寿命だったのだろう。そこへきての転倒のショックが、電池へのとどめになってしまったのかもしれない。

そう解釈したところで、腹が立つことに変わりはない。

「くっそー」

食いしばった歯の隙間から悪態をつく。

新品の双眼鏡で流星を追い、腕時計のタイマー機能で一分間あたりの流星の出現数を計るという楽しみは、とっておきの観測ポイントを目前にして頓挫《とんざ》してしまった。

しかし、地団駄を踏んでいる暇はなかった。今夜ほど大規模なしし座流星群の出現は、この先何十年も見られないかもしれないのだ。草むらを掻き分けている間に頭の上をいくつの星が流れていくのだろうと思うと、気が急《せ》いてしかたがない。

双眼鏡は夜が明けたらあらためて探すことにして、自転車を押して坂道を上る。

堤防の上に出ると、そこには期待した以上の暗闇の世界が広がっていた。背後に見える橋のあたりこそ橙色《だいだいいろ》の照明が輝いているが、前方には進むのがためらわれるほどの深い闇が続いている。再び自転車にまたがった僕は、そろりそろりとペダルを漕いだ。もしもヘッドライトが消えてしまったら、行く手に大穴が口を開けていたとしてもまったく気づかないで進んでしまうだろう。

南北に流れる川の西岸を二、三分ばかり進んだところで、無事目的地に到着した。役所の管轄がちがうのか、そのあたりは土手の雑草がこまめに刈られていて河川敷まで下りやすくなっているのだ。

ペンライトであたりをざっと照らしてみたが、先客はいないらしい。たちの悪い連中が今夜の天文イベントに乗じて花火でもしていたらと心配していたのだが、どうやら杞《き》憂《ゆう》だったようだ。

自転車を押して堤防をよちよちと下り、中腹に設けられた平らな小段にレジャーシートを敷いて座る。川向こうに見えていた工場の夜間照明も対岸の堤防にきれいに隠され、人工の光はほとんど目に入らなくなった。

なんとなくかしこまった気分になって、空を見上げる。すぐさま、僕は圧倒された。

東の空に浮かんだしし座の方角から、立て続けに三つの光が走った。短いのがひとつ、土手の向こうに落ちていくようにひとつ、天球をなぞるようにして頭上を流れるのがひとつ。流星たちはまっすぐに尾を引いて空を駆け、ためらいも見せずに闇に消えていく。

空も、地上も、黒い。星座をかすめるように流れる星を見ていると、まるで自分が宇宙に浮いているような錯覚に陥った。自転車で行き来できる距離なのに、自宅のベランダで見上げる夜空とは闇の深さがちがう。頭の上ばかりでなく、体の下にも星空が広がっているのではないか。そう思えてしまうほどだった。

夜更けとともに、東の空から放射状に散る星の数は増えていく。初めのうちこそ律儀に指を折っていたものの、そのあまりの多さに途中からは数えるのをやめてしまった。

風もなく、物音もほとんど聞こえない。船外活動中の宇宙飛行士はこんな光景を目にしているのかもしれないなどと夢想しながら、僕はただひたすら流れ星の雨に身を晒していた。

オリオン座が南中した頃だろうか、ひときわ大きな流星が、白い光跡を引いて頭の上を走り抜けていった。

星を追って振り返ると、いま見たものと同じ輝きが右手に見えた。まるで流星が引き返してきたみたいだが、そうではない。人工の光が、堤防の上をこちらに向かって近づいてくる。大きさからして、自転車のヘッドライトのようだ。人影が、文字どおり影となってペダルを漕《こ》いでいる。しかし下から見上げていても、年齢や性別はわからない。

小気味のいいブレーキ音と同時に、光が消えた。ちょうど、僕のいる位置の真後ろだった。十メートルばかり離れてはいるが、広々とした堤防の中では至近距離といっていい。

スタンドを立てる音がしてほどなく、「わ、すごい星」という呟《つぶや》きが聞こえてきた。幼さを残した女の子の声。中学生くらいだろうか。堤防上の相手からは、土手の中腹にいる僕の姿は見えていないらしい。

女の子のシルエットの向こうを、小さな星が流れていった。僕はここに来た目的を思い出し、しし座の方角に向き直った。しかし、どうにも落ち着かない。至近距離の暗闇で息を潜めているのが知れたら、痴漢とまちがわれてしまうのではないだろうか。

「きれい」

星が夜空を走ると、背後で再びかわいらしい声がした。あたりに誰もいないと思って油断しているのか、感じたことがそのまま声になっているようだ。

先客が近くにいることを、それとなく知らせたほうがいいだろうか。時間が経てばますます動きが取れなくなりそうなので、今のうちに空咳《からぜき》でもしてみせるべきかもしれない。

もう一度振り返り、相手の様子を窺《うかが》う。自転車のカゴから何かストラップのついた物を一つか二つ取り出したようだが、ここからでは暗くてよくわからない。

「ん？」と声を発したきり、女の子の動きが止まった。体の向きから察すると、こちらに目を凝らしているようにも見える。つい、こちらも反射的に動きを止めてしまう。

ストラップのついた物のうちの一つはどうやらバッグらしく、土手の上の影はこちらに体を向けたまま中身を漁《あさ》りはじめた。探し物が懐中電灯だとわかったのは、光線がこちらの顔をまっすぐ射ってからのことだった。

「うわあっ」

相当びっくりしたらしく、女の子は懐中電灯とストラップのついた物を取り落とした。ガランガランと音を立てて、筒状の物が土手を転がってくる。僕はとっさに手を伸ばし、意外に硬い物体を受け止めた。形と大きさから考えると、どうやらステンレスボトルのようだ。

「誰？　誰？」

懐中電灯を拾い上げ、女の子はおぼつかない手つきでこちらに光を当ててくる。眩《まぶ》しい。

光から顔をそむけながら、僕は両手を何度も交差させた。

「痴漢じゃない、痴漢じゃないです。星見てただけ。しし座流星群。今日、極大日だから」

僕の顔に照明を当てたまま、相手はじっとこちらを観察している。

「流星雨、見に来た人なんですか？」

硬くうわずった声で、女の子は尋ねてきた。

「そう、そう、天体観測、ごくマジメな。あの、明るいと瞳《ひとみ》が小さくなって星が見えにくくなっちゃうんで、懐中電灯はよそに向けてください」

「あっ、すいません」

女の子が光を足元に落とすと、スキーウェアのようなモコモコとしたパンツが見えた。不恰好《ぶかっこう》ではあるが、この時期の天体観測には適したスタイルだ。

「あの、やっぱり流星群を？」

「あ、そうです。たまにしか見られないっていうから、やっぱり見ておきたくなって」

光のわずかな反射の中で、相手は小さく頷《うなず》いた。上半身には、僕と同じようにダウンジャケットを着込んでいるようだ。

「ああ、やっぱり。そうだ、これ、落とし物」

ボトルを持ち上げてみせると、女の子はおぼつかない足取りで斜面を下りてきた。

「どうも、ありがとう」

互いに腕を伸ばしてようやく手が届くほどの位置に立ち、彼女はいくらか警戒心の残る声で礼を述べた。なんとなく、野生動物を餌付《えづ》けするような気分でボトルを手渡す。

僕の顎《あご》の高さに相手の頭がある。気配は幼いが、身長は智子と同じくらいだ。智子が十八歳にしては小柄であることを考えると、目の前の彼女はやはり中学生か。

「あっ」

ボトルを胸に抱きかかえ、女の子が小さく叫んだ。

「え、なに？」

「いま、四ついっぺんに流れ星が飛んだ」

「ほんと？」

反射的に振り返ったが、もちろん消えてしまったあとだ。次の流星はまだかと東の空を探す僕に、女の子が言った。

「ここ、星の数がすごいですね、真っ暗で。プレアデス星団の中の粒々も、うちのベランダよりずっとくっきり見える」

「でしょ？　穴場なんですよ」

相手の口からすばるの正式名が出てきたことに、僕は心の内側でそっと感激していた。通っている高校には天文部もなければ星空に興味のある友達もなく、こういった会話となると話の通じる相手がまるでいなかったからだ。智子にいたっては、僕と付き合いはじめるまでは木星が肉眼で見えることすら知らなかったほどだ。

「あ、また」女の子が指差す先で、新たに星が流れた。「ここに来てからちょっとの間に、もう二十個くらい見ちゃった。これまでの人生で見た数はもう超えたかも」

「おれも、とっくに超えちゃった。五十くらいまでは数えてたんだけど、多すぎてカウントが追いつかなくて」

「天体観測とか、よくするんですか？」

「うん、わりと。小さい頃親にプラネタリウムに連れて行かれたことがあるんだけど、その日の夜に自分の家からでも同じ星座が見えるのを発見して、それでストンとハマっちゃった」

「あ、なんかちょっとわかる」女の子の声が、少しやわらいだ。「私はプラネタリウムじゃなくてキャンプ場だったんだけど、夜中にお父さんに起こされてテントの外に出てみたら、嘘みたいに星がたくさん見えて。そのとき初めて、地球が宇宙の中に浮いてるのをぼんやり理解できた」

「いいなあ。キャンプ場なんて、連れてってもらったこと一度もなかった」

「いいでしょ。まあ、無邪気に喜んでついて行ったのは小学校の四、五年くらいまでだけど。――あ、邪魔なんでちょっと消しますね」彼女は足元に向けていた灯《あか》りを消した。土手の雑草が、再び闇の中に沈む。「で、次の年も同じキャンプ場に行って、今度は天体望遠鏡でドーナツ星雲とか見て、夕方と夜明け前には人工衛星探しなんかもして」

「寝てる暇がないね」

「うん。でもその価値はあったかも。白い点がスーッと飛んでくのはちょっと不思議できれいだったし。それで、夜が明けてテントの中に入ったらそのまま九時ぐらいまで私もお父さんもグーグー寝ちゃって、お母さんが『いつまでもご飯を作れない』って怒ってた」

打てば響くような返答がうれしくて、僕はいやにはしゃいだ声で相槌《あいづち》を打った。

「いいなあ、ここよりもっと星がきれいなんだろうな、山の上は。だけどほんと人工衛星って、なぜかずっと目で追っちゃうんだよね。あの無機質な感じが流れ星とも飛行機ともちがう雰囲気で。じゃあ、ミールは見た?」

「ミール?」

「ロシアの宇宙ステーション。運用が終わって、今年の春に大気圏に突入したでしょ」

暗闇の中で、小首を傾げるのが見える。

「うーん、知らない」

「……そうかあ、知らないか」

星空には関心があるようだが、どうやら宇宙開発には疎いらしい。まだ中学生のようだし、女の子ならそんなものかと思いなおして、空を見上げる。懐中電灯の光を浴びた目も、再び暗さになじんできていた。

音もなく、星が天を駆けていく。よくよく見ると、その一つひとつにわずかな差異があった。白いものや青いもの、現れたと同時に消えてしまうもの、色と明るさをせわしなく変えながら、長い尾を引いて消えていくものもある。

立ったまま顔を上げていたせいか、しだいに背中が張ってきた。腰を下ろしたいが、一人だけ地べたに座るというのも間が抜けている。

「あの」かけた声はうわずっていた。「あの、よかったらここ、座りませんか。レジャーシート敷いてあるんで」

下心は抱いていないつもりだったが、出すぎた誘いをかけたことに顔がカッと熱くなる。

あきらかに逡巡《しゅんじゅん》したと思われる間のあとで、相手は「じゃあ、座らせてもらおうかな」と答えた。

いつでも寝転がれるように縦に伸ばして敷いてあったシートを、星明かりの下で急いで横向きに敷き直す。「どうぞ」と勧めると、女の子はシートの右端にちょこんと腰を下ろした。僕も、反対側の端にそっと座る。

「あ、座ると向こうの工場の光が見えなくなるんだ。計算してここに決めたんですか？」

白い息を吐きながら、彼女は僕の方を見遣《みや》った。

「うん、まあ」

生返事をして空に向き直る。

僕たちの間には、およそ人ひとり分の隙間が空いている。とはいえ並んで座っていると、不思議と相手の存在が大きく感じられてしまう。

無理やりに、智子の顔を夜空に描いてみる。いつものくしゃくしゃっとした笑顔が、僕のとなりに座る少女を見つけてみるみるむくれていった。

智子の視線から逃げるようにして、僕は女の子の横顔を窺《うかが》った。闇の中では表情まではわからないが、あどけなさの残る輪郭や飾り気のない髪型はぼんやりと見てとれる。

「なに？」

苦笑いとも引きつり笑いとも聞こえる声で、相手は尋ねてきた。

「いや、そのー、中学生でしょ？　こんな夜中に一人で出歩いて大丈夫なのかなって」

「しっつれいな。高校生ですよ、これでも。来年はもう大学生」

「えっ、じゃあ、おれと同い年？」

驚いた僕は、詫《わ》びるよりも先に聞き返してしまった。彼女が質問に質問で答える。

「うそ、高三？　もっといってるかと思った」

「失礼な」

「だって天体観測って、高校生にしてはこう、枯れた趣味だから」彼女はくすりと笑った。「ということは私たち、お互いに『大学生かな』とか『中学生かな』ってまちがった想像しながら話してたんだ。変だね」

「うん、変だね」そう答えてから、まだ疑問が解消していないことに気づいた。「いや、同い年だってことはわかったけど、そうだとしてもやっぱり、女の子の一人歩きは危ないよ。家の人は心配しないの？」

「ああ、そこは大丈夫。父親公認だから」

「けっこう、自由な教育方針なんだね」

「ううん、普段は門限とか厳しいよ。だからこっそり出て行こうと思ってそーっと門を開けたら、ベランダからお父さんに『ひかり、流れ星が終わったらまっすぐ帰ってくるんだぞ』っていきなり声かけられて、息が止まりそうになった」

「じゃあ、お父さんもベランダで流星雨見てたのかな」

そう言いながら、僕は相手の名前が「ひかり」であることをしっかりと胸に刻んだ。

「たぶんそう。明日《あした》も会社なのにね」

「おれたちも、明日学校だけどね」

「それを言わないで」ひかりが暗闇の中で苦笑した――ように見えた。「めずらしい日だからかな？　お父さん、変に協力的で『寒いからスキーパンツ穿《は》いてけ』とか『星を見るならここの土手がいいぞ』とか、いろいろアドバイスまでしてくれたの。恥ずかしいからスキーパンツはいいって言ったんだけど、穿いてきて正解だったみたい」

しゅるしゅると、手袋が合成繊維を撫《な》でる音が聞こえた。

「仲、いいんだね」

「そうでもないよ。ちょっとぎこちない」

「べつに、よくある話だよ。なんというかこう、十代の娘が家の中の唯一のオスを毛嫌いするという。まあ最近は私もオトナになったのか、ちょっとは存在を許してやってもいいかなって気にもなってきたんだけど。これから進学とかで、今までよりも負担かけるし」

「なんで？」

「ふーん。父親って哀しいなあ」

「お母さんとはまずまずうまくやってるんだけどね。そっちは？」

「うち？　うちは普通だなあ。犯罪でもしないかぎりは放任、という感じ。父親も母親も。あ、母親は最近、微妙にそわそわしてる」

「どうして？」

「おれに彼女ができたから」

お前のことは忘れてないぞ、と僕は心の中で智子に胸を張ってみせた。

「へー、おめでとう。じゃあお母さん、心配なんだね」

「まあ、そうらしい。受験生だから心配されるのも当然なんだけど、こっちはたまんないよ。今夜も、『流星雨を口実にして彼女を連れ出すつもりならやめなさい』みたいなこと、遠まわしに警告された」

「『ごくマジメな』天体観測なのにね」

「いや、連れ出す気満々だったんだけどね。彼女の親がずっと起きてたんで、出て来れなかっただけ」

「なんだ」

　ひかりが体を揺らして笑った。

　同い年という気安さのためか、それとも互いの顔が見えない安心感のせいか、僕たちは初対面とは思えぬほど簡単に打ち解けてしまった。

　話している間にも流れ星の数は目に見えて増えてきており、光が一つ、また一つと、空からこぼれ落ちていく。

「わかるなあ」

　だしぬけに、ひかりが呟《つぶや》いた。

「何が？」

「流星雨を彼女と見たくなった気持ち。好きな人とこんなふうにたくさん流れ星を見られたら、もう言うことないよね。ちょっと自分に置き換えて想像しちゃう」

　彼女の言葉どおり、言うことのない素晴らしい光景だった。流星が、文字どおり雨のように次々と降ってくる。

「いるんだ、好きな人」

「まあね」

「ふーん」

　どういうわけか、僕の胸は急にざわめきだした。視線を意味もなく夜空のあちこちに向けてしまう。

これは嫉妬《しっと》なのだろうか。いや、まさか。僕には智子がいるし、今となりにいる女の子はほんの少し前に出会ったばかりだ。しかも、どんな顔立ちをしているのかもよくわからない。それなのに、彼女がほかの男に想いを寄せていると知っただけで僕はいやに落ち着きをなくしてしまっている。

ひょっとしたら、やっと出会えた星好きの「同志」が星以外のことで頭を悩ませているのが気に入らないのだろうか。もしそうだとしたら、僕はとんでもなく傲慢《ごうまん》な奴だ。自分の彼女を真夜中のデートに誘い出すつもりだったくせに。

「ねえ」

ひかりが話しかけてきた。

「なに？」

「不自然なタイミングで黙り込まないでくださいよ。すごく恥ずかしくなってきた」

「あ、ごめん」気まずさを紛らそうと、急いで言葉を探す。「今日は、その人とは約束してなかったの？」

「それはないよ」

ひかりは即答した。

「どうして？」

「だって私が好きなその男の子って、私の友達と付き合ってたりするんですよ、これが」

「それは、しんどいなあ」

「しんどいですよ、ほんと。かといって私、『掠奪《りゃくだつ》してやる』とか『ぶち壊してやる』って発想ができるような情念の人でもないし。どっちとも仲いいんだよねえ、困ったことに」

明るい口調が、かえって彼女のとまどいを浮かび上がらせていた。

人の不幸を喜ぶような趣味はないつもりだったが、それを聞いてどういうわけかにやけてしまった。今夜の僕はどうかしている。

この表情を悟られるのはまずい。僕は浮かれた気分を押し隠し、いかにも同情しているふうの声で急ごしらえの善後策をぶつけてみた。

「じゃあ、その人のことはすぱっと割り切って、ほかを当たるという手は？」

「んー、ない。あとちょっとで卒業だもん。今から候補を探すのはもう、面倒で」

「……そうだろうね。変なこと言っちゃった」

「いえいえ。まあ、そっち方面は来年から頑張るよ、うん」

自分を励ますように、ひかりは言った。

穿き古したジーンズは防寒着としてははなはだ心もとなく、ここにきて僕の腰から下は小刻みに震えだした。自宅のベランダで一時間程度天体望遠鏡を覗《のぞ》くのと、吹きさらしの川岸に長時間座るのとでは、やはり寒さの質がちがう。

膝《ひざ》を抱えて星を見上げていると、ひかりが窺《うかが》うように言った。

「寒い？」

「うん、ちょっと。そんな感じのあったかそうなズボン、用意しとけばよかった」

答える僕の声は、かすかに震えていた。

「そういえば軽装だよね。荷物、このレジャーシートだけ？」

ひかりは体の下のシートを軽く叩《たた》いた。カサカサという音が、夜更けの闇の中では大きく聞こえる。

「いや、飲み物と双眼鏡用意してたんだけど、土手上ってきたときに自転車ごと転んで、弾みでどこか行っちゃった」

「大丈夫なの？　怪我は？」

「ああ、平気。スピードは出てなかったし、横にパタンと倒れた感じだったから」

「大丈夫ならいいけど。あ、そうだ私、双眼鏡持ってきてたんだった。せっかくだし貸してあげる」脇に置いてあったバッグを手に取ってから、ひかりは尋ねてきた。「ちょっとだけ、懐中電灯点《つ》けていいよね。この暗さだと、出すとき財布とか落としちゃっても気づかないかもしれないから」

僕が「うん」と頷《うなず》くと、ひかりは二人の間に懐中電灯を伏せ置いてスイッチを入れた。シートとのわずかな隙間から光が漏れ、小さく淡い輪を形作る。僕はこのとき初めて、彼女の手袋がこげ茶色で、ダウンジャケットの色が明るめのベージュであることを知った。しかし、顔は見られなかった。もちろん、どんな顔をした子なのか知りたくて仕方がないのだが、こちらが興味津々であることは悟られたくない。相手に感づかれて今の距離感が崩れてしまうのは、ひどくもったいない気がする。

「うちにあったのを勝手に持ち出してきたんだけど──、あ、あった」

取り出した双眼鏡は、飯盒《はんごう》のような曲線といい青みがかった灰色の具合といい、僕がなくした新品に瓜《うり》二つだった。

双眼鏡を受け取り、眼幅の調整をするふりをしてこっそり確かめてみる。手触りや軽さはまさしく僕の物だが、だいぶ使い込まれているようで、目を凝らして見ると細かな傷や汚れがたくさんついているのがわかった。

「どうしたの？」

ひかりが肩をすくめてみせる。

「いや、手になじむなと思って」

そう答えて相手に微笑みかけながら、僕は彼女を一瞬でも疑ってしまったことを恥じ、また一方で、ひかりが盗んだのではないことに安堵《あんど》していた。

接眼部を目に当て、双眼鏡を空に向ける。ピントを合わせると、肉眼では見えない小さな星々がレンズの中でたくさん瞬いていた。この倍率で流星が見えたらかなりの迫力だろうと思うのだが、どの方向にレンズを向けてもそれらしき光は見当たらない。

「見える？」

持ち主の問いかけに、「いや」と答える。「流れ星、出てる?」

「うん。あ、また一つ流れた。ほら、あっちも。すごい。今がちょうどピークなのかも」

ひかりは次々と流星を見つけていくが、広い夜空に対して双眼鏡の視野はあまりにも狭く、くやしいことにひとつも捉《とら》えられない。

「あ、今のはすごく大きい。わっ、流星痕《こん》!」

「どこ? どこ?」

「ほら、南側。シリウスの方向」

ひかりが早口で説明する。

肉眼で探すと、冬の大三角形の外側にほの明るい靄《もや》のような筋が見えた。たしかに、流星痕だ。

再び双眼鏡を構え、流星の光跡をたどる。コバルト色のあわあわとした雲のようなものが、ほのかに発光しながらわずかずつたなびいていた。

「貸して貸して。はやく見ないと消えちゃう」僕から双眼鏡をひったくると、ひかりはすぐさまレンズを覗き込んだ。「おー、きれい。ゆっくり動いてるね」

妹がいたとしたら、こんな感じなのだろうか。

同い年であることは知りつつも、僕は彼女の幼い声を聞きながらそう思った。

「あーあ、消えてきちゃった」ひかりが双眼鏡を下ろす。「とりあえず、今ので双眼鏡を持ってきた元は取ったかな」

そう言って笑う相手と、初めて目が合った。伏せた懐中電灯の光は蠟燭《ろうそく》よりも頼りなく、細かい顔の造りまでは見えない。ただ、明るい陽射しの下で見たらなかなかかわいいのではないかと思わせる雰囲気はあった。

ひかりにいぶかられる前に、視線を空に戻す。

テンペル・タットル彗星《すいせい》が遺《のこ》していった無数の塵《ちり》は次々と地球の大気に突入し、刹那《せつな》に輝いては黒い夜空の中に消えていく。

頭上を見上げたまま、ひかりが囁《ささや》くように言った。

「理屈はいちおう知ってるんだけど、やっぱり不思議だよね、星が落ちてくるんだもん」

「うん。たぶん昔の人は怖かったと思う」

「ああ、そうかも。こんなピクニック気分では見てられなかっただろうね。――あ、そうだ」

ひかりはステンレスボトルを手元に引き寄せると、わずかな灯《あか》りの中でボトルの中身をキャップ兼用のカップに注いだ。彼女の顔の前に湯気がもうもうと立つ。

熱いのか、ひかりはしきりに息を吹きかけながらカップの中身を啜《すす》った。温められたミルクと茶葉のいい香りが、僕の鼻先にまで漂ってくる。

川面《かわも》から立ち昇ってくる冷気は、涙が滲《にじ》むほど冷たい。人工光の少なさと空の広さだけを目安にしてこの場所を選んでしまったので、深夜のこの寒さにまでは考えが及ばなかったのだ。

膝を両腕で抱え、寒さを少しでも忘れようと空を睨《にら》む。この土手に来たときはまだ東の空の低い位置にあったしし座も、今ではずいぶん高度を上げていた。まるで天から降るように、星々は放射状に飛び散り続けている。

ひとつたりとも見逃したくないとは思うのだが、あまりの寒さに集中力も途切れがちになる。流れる星を目で追いながらも、気づけば僕は自宅の和室にある炬燵《こたつ》を思い浮かべていた。

膝をさらにきつく抱えて身震いしていると、ひかりが遠慮がちに肘《ひじ》をつついてきた。

「飲む？　ミルクティー」空になったカップを振ってみせる。「砂糖たくさん入れてあるから甘すぎるかもしれないけど、温まるよ」

「え？　でも……」

願ってもない申し出だが、相手が女の子であるだけに躊躇《ちゅうちょ》してしまう。

「だって、となりで震えてる人がいるのに一人で飲むのは、なんだか悪い気がするから。それに、たくさん淹《い》れすぎちゃって一人じゃ飲みきれないし」

間接キスは浮気に当たらないだろうかと気になりはしたが、これはそういう際どい行いではなく助け合いなのだと強引に解釈し、僕は厚意を受けることにした。

「じゃあ、いただきます」

「どうぞどうぞ」

ひかりは僕にカップを手渡すと、そこに温かい紅茶をたっぷりと注いでくれた。カップの持ち主を不快にさせない唇の形というものをイメージしながら、紅茶を口に運ぶ。温かい。彼女の言うとおり甘すぎるが、その甘さにほっとする。

「おいしい」

素直な感想を述べると、ひかりは「よかった」とおだやかな声で答え、小さく洟《はな》をすった。

もうひと口飲む。凍りかけた体が内側からほぐれてくるようで、つい顔がほころんでしまう。

「ほんとにおいしい。これ、自分で淹れたの？」

「うん。ティーバッグのじゃないよ。ちゃんと煮出したの」

ひかりがまた、洟をすする。

「ふーん。だからうまいのか」

「まだたくさんあるから、よかったら……、ちょっとごめん」

ひかりは手袋を外すとあわててバッグの中を漁《あさ》り、手のひら大の白く四角い物を取り出してこちらに背中を向けた。

突然どうしたのだろうと心配していると、洟をかむ間の抜けた音が聞こえてきた。彼女が手にしたのは、ポケットティッシュだったらしい。

二、三度洟をかんでから、使ったティッシュを僕から隠すようにダウンジャケットのポケットにしまう。

そっぽを向いて紅茶を飲む僕に、彼女はきまりが悪そうに言った。

「あー、失礼しました。寒い所であったかいもの飲んだら、急に洟が出てきて」

「ああ、うん」

返答に迷って曖昧《あいまい》に頷く。きまりが悪いのはこちらも同じだ。

「普段はしないんだよ、そんな、人前で洟をかむなんて。でも今のは緊急事態だったし、

流れ星見てるそばでズビズビすすり続けるのも悪いかなと思って」

聞かれてもいないのに言い訳を並べるのが、無性におかしい。

「まあそれはわかったけど、手袋外したのは？」

「だって、嵌《は》めたままだと洟かみにくいでしょ？」

「なるほど」

試してみたことはないが、たしかにかみにくそうだ。

「あれ？　そういえば手袋どこだろう」

ひかりがレジャーシートを手探りした。こげ茶色をしたニットの手袋は闇に沈んでし

まい、なかなか見つからない。

僕は懐中電灯を拳《こぶし》二つ分ほど持ち上げ、瞳《ひとみ》が収縮しないように光を下に向けたまま動

かしてみた。

「あ、あった」ひかりが足元に手を伸ばした。手袋は二つとも、シートの外の地面に落ちていた。「ありがと。なくしてたら帰りの自転車がひどいことになってた」

「たしかに、素手じゃハンドル握ってられないよね」

「うん。凍っちゃうよ」

手袋を嵌めやすいように、ひかりの手元に照明を近づけてやる。

彼女の左手の甲には、何かに強くこすったような赤みがあった。

「手、どうしたの？」

「ああ、これ？」ひかりは手を顔の高さまで上げてみせた。「私が星から落ちてきた印」

「はい？」

相手はくすくすと笑う。

「私がまだちっちゃい頃、お父さんよくそう言ってたの。私はどこかの星からお母さんのおなかの中に落っこちてきたんだって。この痣《あざ》、ちょっと星っぽい形してるでしょ？これがその証拠だって」

ひかりは僕の方に手を伸ばしてきた。懐中電灯で照らしてみると、小さな手には星型に見えなくもない赤痣がついていた。大きさは五〇〇円硬貨ほどだろうか。

「ほんとに星みたいだね」

「でしょ？　友達はみんな『ヒトデ』って言うんだけど」

そう言っておかしそうに笑う。いくらか目立つ痣だが、本人はとくに引け目には思っていないらしい。

「なるほど、ヒトデか」

「親の理屈に当てはめると、これがヒトデだとしたら私は海から這《は》い上がってきたことになっちゃうんだけどね」

「それなら、星から落ちてきたことにしといた方がいいね」

「うん。そう思う」

ひかりは手袋を嵌めて夜空を見上げた。僕も懐中電灯を元の位置に置いて、彼女と同じように空を眺める。

どのくらいそうしていただろうか。流星が現れる間隔は少しずつ長くなり、やがてほとんど見られなくなった。まれに小さな星が現れはするが、その光は弱くすぐに消えてしまう。何週間も前から楽しみにしていた夜が、静かに終わっていく。

「んっ……」ひかりが大きく伸びをした。「さて、そろそろ帰ろうかな。ちょっとでも寝ておかないと、教室で豪快にいびきをかくことになりそうだし」

おかしな話だが、その言葉を聞いて初めて、僕は彼女と二度と会えないかもしれないことに気づいた。昔からの友達のような気分になっていたけれど、僕たちは赤の他人なのだ。

どうして、こんなに落ち着かない気持ちになっているのだろう。できることなら引き留めたいが、流星雨が終わってしまえば一緒に星を見上げる口実はなくなってしまう。

ひかりはてきぱきと身支度を整えると、立ち上がってもう一度伸びをした。懐中電灯はバッグの中にしまってしまったので、もう表情もよくわからない。

「じゃあ、帰るね。いろいろ話せて楽しかった」

ひかりのシルエットが小さく手を振る。

「あ、紅茶ありがとう。おいしかった、ほんとに」お礼を言ったあとで、僕は早口で付け加えた。「またそのうち、会えるといいね。流星群の大出現なら、これからもあるはずだから」

星明かりの下で、ひかりが微笑んだように見えた。

「そうだね。また、星が降る夜に逢えたらいいね」

彼女はもう一度手を振り、背後の土手をゆっくりと上っていった。

自転車のヘッドライトが、もと来た道を引き返していく。その白い光が見えなくなるまで、僕はずっと目で追い続けていた。

姿勢を戻した拍子に、指先が硬い物に触れた。ポケットからペンライトを取り出し、腰の脇あたりのそれを照らしてみる。

「あっ」

おもわず声が出た。ひかりが持ってきた双眼鏡が、そこに置き忘れられていた。

急いで土手を駆け上がったが、すでに彼女の姿はない。

腕時計を見て「四時か」と呟いてから、僕はもう一度文字盤に目を落とした。消えたはずの液晶が復活している。見ると、携帯電話の時刻表示とも合っていた。どうやら数字が消えたのは電池切れではなく、一時的な不調だったようだ。

僕はペンライトで双眼鏡を隅々まで照らしてみた。名前や住所などがどこかに書かれていないかと期待したのだが、手掛かりは見つからなかった。

＊

駅の階段を駆け下り、ロータリーで待機中のタクシーに乗り込む。

「市立病院まで。できるだけ急いでください」

そう告げると、運転手は返事とも舌打ちともつかない音を発してアクセルを踏み込んだ。

駅前通りを西へ向かう車のラジオからは、AM放送の野球中継が流れている。僕のひいきチームの試合のようだが、アナウンサーの一球ごとの絶叫、歓声、他球場の途中経過、解説者の言葉、すべてが耳の外側を上滑りしていく。

妻さえ無事でいてくれるのなら、野球など二度と見られなくなったとしてもかまわない。テレビも映画も旅行も、娯楽などいっさいなくなったとしてもかまわない。

馬鹿げているが切実な願掛けを心の中でし、酒を飲んだあとのように浅い息を繰り返しながら窓の外を睨《にら》む。

徒歩や自転車で家路を急ぐ人々。ぎらつくパチンコ店の電飾。コンビニエンスストアの大きな窓の中には若い立ち読み客。いつもの駅前通りのはずだが、今夜は絵の中の景色のように現実感がない。僕がこんなにジリジリとしているのに人々が平穏に過ごしているのが、理不尽なことのようにも思えてくる。

車窓から見える店舗や人通りは徐々に少なくなり、タクシーはやがて国道との交差点で停止した。待ち時間の長いこの信号さえ越えてしまえば、病院はもうすぐそこだ。

横断歩道の手前で、タクシーと並ぶように一台の自転車が停まった。部活帰りだろうか、小柄な女子高生が片足を歩道について信号が変わるのを待っている。

ひかりだろうか、と一瞬でも思った自分にあきれてしまう。彼女が今も高校生であるはずがないし、彼女のことを意識的に思い出すこと自体ここ何年も、とりわけ結婚してからはまったくなかったはずだ。

どうして今夜にかぎって、苗字はおろか顔立ちも知らない女の子のことばかり考えてしまうのだろう。今の緊張しきった心が、とりとめのない会話や甘いミルクティーといった淡く楽しい思い出に逃避したがっているのだろうか。

信号が青になり、タクシーは乱暴に発進した。自転車の高校生があっという間に小さくなっていく。

あれから八年。

あの夜ほどの規模の流星群は一度も現れず、ひかりと再会することもなかった。双眼鏡は、今も僕の部屋にある。「どうしてこんなに古い物を大事にとっておくの」と妻に訊《き》かれたこともあるし、その答えは僕自身よくわからない。ひかりとの再会を本気で期待していたわけではないし、妻こそ僕の最愛の人だという気持ちに偽りはない。ただ、いつか双眼鏡を返す日が来るのではないかという予感めいたものを、捨てきれずにいたのだ。

大きな建物が見えてきた。市立病院だ。白一色に塗られた大きな建物が水銀灯の冷たい光に浮かび上がる様は、こちらの不安をことさらに煽《あお》る。

タクシーは急なハンドル操作で車寄せに入り、正面玄関の前で停止した。釣り銭を受け取るのももどかしく、僕は時間外出入り口のドアをくぐった。

窓口の名簿に苗字と妻のいる病室番号を殴り書きし、年老いた守衛から面会者用のバッジを受け取る。夜の病院は薄暗くひっそりとしていて、エレベーターホールまで歩く間に職員や入院患者とすれ違うことはなかった。

静かに上昇するエレベーターの中、僕は両耳のそばで何かが激しく拍動する音を聞いた。それが自分の心臓の音だとわかったのは、エレベーターが目的の五階に到着したのとほぼ同時だった。扉の外に足を踏み出すと、様々な薬品の入り交じった匂いが鼻をついた。

増床を繰り返した総合病院の入り組んだ廊下を、ほとんど駆け足に近い速度で急ぐ。自分で発しているにもかかわらず、物々しい靴音と心音に圧迫されて眩暈《めまい》がしてくる。

三つめの角を曲がったところで、よく見知った顔に出くわした。義母だ。

「あら、新一《しんいち》さん」豆タンクのような体のてっぺんから、ひっくり返った声で僕の名を呼ぶ。「いま休憩所に電話掛けに行くところだったのよ。ほら、病院は携帯ダメでしょ」

「それで、智子はどうなんですか」

僕が息せき切って尋ねると、義母は満月のような顔に笑みを浮かべて頷《うなず》きかけた。

「元気よ、もちろん。さすがに疲れたらしくて今は回復室で寝てるけど、産後の経過は良好みたい」

「ええっ、じゃあ、もう生まれたんですか？」

静かにしなければいけないとわかってはいるが、つい声が大きくなってしまった。

「買い物中に破水したっていうからさすがにあわてたけど、お産そのものは私があの子を産んだときに比べればずっと安産だったわね。救急車呼んでくれたコンビニの店員さんに感謝感謝よ」

「ああ、よかった。よかった」

膝《ひざ》から力が抜け、僕はあやうくその場にへたり込みそうになった。

「ほら、赤ちゃんが待ってるわよ」

義母に背中を押されるようにして、産科のナースステーションの向かいにある新生児室に歩み寄る。ガラス越しに中を覗《のぞ》いていた義父が振り返り、「やあ」といつもどおりのぎこちない挨拶《あいさつ》をした。しかしその表情は、義理の親子になったこの一年半で一度も見たことがないほど柔和だった。

「どうもお義父《とう》さん、遅くなりまして」

「いいからほら、見てみなさいよ、かわいいんだから」

義父が指差す先にはベビーコットがあり、産着を着せられた赤ら顔の新生児が中ですやすやと眠っている。見つめていると、あらためて胸がどきどきしてきた。

「どっちですか？　男？　女？　女の子かな？」

僕は義父と義母のどちらにともなく尋ねた。

「女の子よ」答えたのは義母だった。「私、生まれる前から言ってたじゃない、智子の顔つきがきつくなってないから女の子だって」

「そうですか、女の子ですか」

もう一度、赤ん坊を見つめる。手の中に納まってしまいそうなほど小さな顔は皺《しわ》だらけで、まだ父親と母親のどちらに似ているともいえない。強いて似ているものを挙げるとすれば、猿だ。

「細川《ほそかわ》さん、おめでとうございます」

背中にやわらかな声をかけられ、飛び跳ねるようにして振り返る。そこには、何度かここに通ううちに顔なじみになった看護主任が立っていた。

「あ、どうも、ありがとうございます。それであの、親子とも元気なんですか？」

「ええ。予定日前でしたから体重はちょっと軽めですけど、肌色もいいし、ついさっきまでギャワーッと泣いてたくらいで、とても元気なお子さんですよ。お母さんのほうも『コンビニで買いそびれたプリンが食べたい』なんて言ってましたし、明日からは母子同室にできそうですね」

何百人という新生児を見てきた人の言葉を聞いて、僕は初めて心から安堵《あんど》した。突然の妻の破水の報《しら》せを聞いてからというもの膨らむ一方だった不安が、魔法にかけられたように霧散していく。

「ちょっと、抱っこしてみます？」

いたずらを持ちかけるような上目遣いで、主任が尋ねてきた。

「えっ、いいんですか？」

「ええ、うちではお祖父《じい》ちゃまやお祖母《ばあ》ちゃまは残念ですがお断りしてるんですけど、パパは特別ということで。やっぱり、できれば生まれたその日に抱っこしたいですよね」

あれよあれよという間にスーツのジャケットを脱がされて手を洗わされた僕は、月面に降り立つ宇宙飛行士のような緊張感とともに新生児室に入った。

椅子に座らされ、主任が運んできた赤ん坊をそっと胸に抱かせてもらう。小さい。そして、温かい。

「あら、上手じゃないですか」

主任が明るい声で言った。

「いちおう、保健センターの育児教室で教わってきたんです」

照れくさいが、そう答えられることが少しばかり誇らしい。

大きなガラス窓の向こうで、義母が僕に——ではなく僕の腕の中にいる孫に手を振っていた。義父も、今にもとろけそうな顔をしている。

あらためて、赤ん坊の顔を覗き込んでみる。ここ何ヵ月も妻のおなかを内側から蹴《け》っていたあの暴れん坊が、今は僕に抱かれて安らかに呼吸している。これが僕の娘だ。僕は父親になったのだ。経験したことのない感覚に、体がひとりでに震えてくる。

うまいと褒められたものの、やはり初めての経験のせいか、娘の体が足の方向へ少しずり下がってしまった。と同時に産着の袖《そで》がめくれ、団子のように小さな左手が覗いた。

「あっ」

僕は小さく叫んだ。生まれたばかりの娘の手の甲に、星型の赤痣《あざ》があったのだ。

懐中電灯の灯《あか》りの中で見せてもらったものよりもだいぶ小さいが、位置と形はまさに、友達から「ヒトデ」と呼ばれているというひかりのあの痣だった。

「ああ、その痣ね」主任がなだめるように言う。「そんなに心配しなくてもいいですよ。成長すれば目立たなくなるか、完全に消えちゃうものですから」

僕は首を横に振り、親切な看護師に笑いかけた。

「いいえ、消えなくてもいいみたいですよ。本人、とくに引け目には思っていないみたいですから」

「はあ」

明日の面会時間にまた来るという義父と義母をエレベーターホールまで見送ると、僕は産科にとって返して回復室のドアをノックした。

「はーい」

妻の、おもいがけず元気な声が中から聞こえてきた。すかさず引き戸を開ける。

「智子」

呼びかけると、妻は「あ、おかえりー」と歌うような声で応《こた》え、ベッドの上で身を起こした。

「いいよいいよ、寝てな。大仕事やったばかりなんだから」

「平気。疲れたら勝手に横になるから」

産褥《さんじょく》衣姿の妻は、そう言って笑ってみせた。

髪は乱れ、顔色もいくらか悪い。しかし、くしゃくしゃっとした笑顔は高校時代と少しも変わっていない。

僕はベッドサイドの椅子に腰掛け、妻の手を取った。いつもの大きさ、いつもの温かさにほっとする。

「よかった。ほんとに生きてる」

「なに？」

「だって、予定日の十日も前に破水して救急車で病院に運ばれたなんて聞いたら、どうしても悪い方向に想像しちゃうよ」

「それはどうも、お騒がせしました」妻がニヤッと唇を横に広げてみせる。「大学時代に『もう別れようか』って切り出したときと、どっちがびっくりした?」

「バカ」

軽く小突いてから、頭を撫《な》でてやる。汗でべたついた髪の毛が、出産の苦労を物語っていた。

髪から手を離すと、妻が尋ねてきた。

「赤ちゃんはもう見た?」

「うん。抱っこさせてもらった。かわいいな、ほんとに」

「え? じゃあ、けっこう前から病院に来てたんだ」

「ん、まあ、もちろん真っ先にこっちに来ようと思ったんだけど、主任さんに抱っこしてけって勧められて、お義父さんもお義母《かあ》さんもそうしろそうしろって言うから、結果的に智子の方が後回しになっちゃったわけで……」

妻は眉《まゆ》を八の字にしてみせた。

「私、ここで寝てる間に『世界で二番目に大切な人』に降格してたのか」

「いや、けっしてそういうことではなくて」頭の中で、妻と娘を乗せた天秤《てんびん》が左右に揺れる。「同率首位が現れたという感じ」

「うまく逃げたな」八年見てきてもまだ見飽きない、くしゃくしゃっとした笑顔。「それで、顔を見てから決めるって言ってたけど、赤ちゃんの名前のアイデアは何か出てきた？」

「ああ、もう決まってる」

「なに？」

「ひかり」

「『ひかり』？　ひらがなで？」

「うん」

「いい名前だね。ひかりか。由来は？」

「二つあるんだよ。一つめは、ここに来る電車の中から流れ星が見えたこと。すごくきれいに光ってた」

「へえー、すごい。なんか運命的な感じがするね。じゃあ、二つめは？」

「本人がそう名乗ったんだよ」

「赤ちゃんなのに？　変なの」

くすくすと笑う妻に、僕は確信をこめて言った。

「星とミルクティーが好きな女の子になるよ、きっと」

この町

寒い！

いや、元日の朝なんだから寒くて当たり前か。当たり前だけど、やっぱり寒いものは寒い。膝《ひざ》がカクカク震え、すぼめた唇から「おおほほほ」とちぢこまった声が漏れる。

学校は休みなんだし、勝負は夜からだ。だからわざわざ朝の九時前に起きる必要なんて微塵《みじん》もないし、むしろ今夜から始まる旅に備えて体力を温存すべきなのだろう。でも、寝てらんねえ。

ピーコートのポケットに手を突っ込み、おれは住宅街の狭い道を早足で歩いた。太陽が厚い雲の向こうに隠れているせいで、あたりにはどんよりとした気配が漂っている。しかも、明日《あした》とあさっても曇りの予報。松山市民のみなさんにとってはなんともさえない新年の幕開けだ。

が、このおれには地元の天気などまったく関係ない。なにせ東京は四日まで毎日晴れなのだ。ざまみろ。

ついつい浮かんできてしまう不敵な笑みを押し隠しながらなおも歩き、おれは天山《あまやま》交差点に出た。朝はけっこう混み合うこの大きな交差点も、正月とあってか車の通りは少ない。

ケータイを見る。八時四〇分。遅れると踏んだんだけど、さすがに遅すぎたか？

白いため息をついて顔を上げると、無駄に広い道路の先にどでかい二階建てバスが見えてきた。〈ドリーム高松・松山号〉だ。ディズニーランドを起点に東京駅八重洲《やえす》南口を夜の八時二〇分に出発し、丸々十二時間以上かけてこの四国は松山までやってくる夜行バスだ。

いつもならもうこのあたりを通り過ぎていてもおかしくないのだが、帰省ラッシュのあおりを受けて遅れが出ているらしい。おれの読み、正解。ともあれ、ちゃんと走っていることが自分の目で確認できてよかった。

周囲の自家用車など簡単に踏み潰《つぶ》してしまいそうな巨体は信号に遮られ、交差点の手前でひと休みした。おれは首を軽く伸ばし、歩道からじっくりと車体を観察する。前面のほとんどを占める巨大な黒い窓。その下の〈ドリーム号高松・松山〉のLED表示。濃紺と白のツートンカラー。毎朝のように見てるけど、やっぱりでかくてゴツくてかっこいい。いや、車体そのもののデザインが気に入ってるわけじゃなくて、「東京から来た」という付加価値に目が眩《くら》んでいるだけかもしれない。でもまあ、憧《あこが》れであることに変わりはないんだから、理由はどっちでもいい。

信号が青に変わると、バスは「がろがろがろん」と低くうなりを上げて交差点を曲がっていった。側面のツバメのマークが、妙に誇らしげにおれの前を横切っていく。

今夜、おれはあれに乗るのだ。東京に行くのだ。

そう思うと、腰のあたりがゾクゾクしてくる。

しかも、マミと二人だけで行くのだ！

腰の前の方がムズムズしてきた。だめだ、まだ早い。

出発は今夜六時五三分。渋滞に巻き込まれなければ、明日の朝七時過ぎにはおれとマミは東京に降り立つ。そしてその足で渋谷に行き、109の初売りに突入するのだ。

正直、バーゲン目当ての群衆の中に突入するのは気が引ける。つーか、めんどい。店の中暑そう。はっきり言って行きたくない。でも、マミが行きたいって言うんだし、それ以外に東京旅行の口実が見つからないんだからしょうがない。

冬休みに東京に行こう、という話になったのは去年の秋の終わりのことだ。

最初はただ、いつものように学校の廊下で立ち話をしていただけだった。お互い意識しだしたのが三津浜《みつはま》の花火大会の日で、付き合いはじめたのは文化祭の頃だ。それからずっと、おれはほとんど毎日マミを相手に「東京行きてーなー」と夢見る目つきで語っていたのだ。でもそれは一種の口癖みたいなもんで、とくに当てがあったわけじゃないし、誘ったわけでもない。

ところがある日、「行くんやったらメモ渡すけん、109に入っとるナントカカントカのワンピ買うてきてや」とマミが言いだした。ナントカカントカの部分はショップの名前だったけど、忘れた。で、おれはあくまでも冗談のつもりで「じゃあ冬休みになったら一緒に行こうぜ」と言ったんだけど、マミが真顔で「うん」と頷《うなず》いたんでかなりびっくりした。その後いろいろあって、今日に至るわけだ。

旅程は三泊四日。うち二泊はバスの中で寝る。一人あたりの運賃は学割適用で往復二万円弱。約十日分のバイト代が消えるのを高いと思うか安いと思うかは人それぞれだろうが、おれはまあ妥当な額だと思う。ホテル代や食事代、雑費を合わせるとさらに数ヵ月分のバイト代が吹っ飛ぶわけだが、問題ない。それに見合った旅になるはずだ。

問題があるとすれば、経済面よりも倫理面か。高校一年生の男女が二人きりで泊まりがけの旅行をすることには、眉《まゆ》をひそめる人間もいるだろう。ていうか、本音ではそれが大半のはずだ。でも、おれはいい時代に生まれた。みなさん内心では苦々しく思っていても、表向きはものわかりよさそうに振る舞ってくれるからだ。いい例がバイト先のコンビニの店長だ。おれには「カノジョと楽しんでこいや」なんて言ってたくせに、そのあとでほかのパートさんに「今どきの高校生は」的な陰口を叩《たた》いていたらしい。ま、なんとでも言え。

コンビニの店長はともかく、さすがに親には真実を打ち明けるわけにはいかないので、「クラスの山本たちと山陰方面へ鉄道旅行に行く」と伝えてある。が、やっぱり半信半疑らしい。まあ、電車好きでもなんでもないおれが冬休み直前になっていきなり鉄道旅行に行くなんて言いだしたんだから、信用されなくても当然か。しかも、山本みたいな秀才グループとはとくに親しくもないんだから、あやしさ倍増だ。

でも、誰とどこに行くのか深く追及したりはしないんですねえ、うちの親。なんだろう、「子供を常に信頼し、自主性を重んじる理解ある親」になりたいんだろうか。そうだとしたら、残念ながら失敗ですぜ。

交差点のはじっこで寒さに震えながら含み笑いをしていると、ポケットの中のケータイが唐突に鳴った。マミから電話だ。

『あ、雅樹《まさき》？　あけましておめでとー』

年明け早々かわいい声だ。

「おめでとう。いま家？」

『うん。よっちんとかと初詣《はつもうで》行ってきて、流れでカラオケ行っていま帰ってきた。これから寝るとこ』

「ちょっと、今夜出発なのに大丈夫か？」

『大丈夫大丈夫。七時一〇分に松山駅発やろ、ちゃんと覚えとるよ』

「松山駅だからな。伊予鉄《いよてつ》の松山市駅じゃないからな。あと、チケットと学生証忘れるなよ、学生証ないと一般料金取られるから」

『わかっとるって、もー。JRの方の駅やろ？　大丈夫、行けばわかるけん』そんな頼りない答えと一緒に、クスクス笑う声が聞こえる。かわいいじゃないか。『ほしたら夜、バスの中で。あと、前にも言うたけど、あたしの寝顔見たら罰金やけん』

そう言ってマミは電話を切った。

今回の東京行きで寝顔よりももっとエキサイティングなパーツを見ようとおれが画策していることを知ったら、彼女は怒るだろうか。いや、マミもおれの目論見《もくろみ》には薄々気づいているはずだ。今月で交際三ヵ月、キスは付き合いはじめて三日目に済ませたし、服の上からだけど腰に手を回すくらいのことはよくする。じゃあ次は、ってなるのが自然な成り行きだろう。向こうだってそろそろ頃合いだと思っているから、二人旅の誘いに乗ったにちがいない。

おれは早生まれなんでまだ十五歳なんだけど、行為に及ぶにあたって倫理面で問題はないよな？　たとえば橋田《はしだ》なんかは一時、よっちんとケモノみたいに頻繁にまぐわっていたって話だ。今はあの二人も友達に戻ってるけど。

だからあいつらに比べれば、おれなんかむしろ遅いくらいだよな。それに学校の保健の授業でも、チンコの模型を使った「コンドームの着け方」という実習をやったし、感染症予防とか避妊の大切さもいちおう教わった。ということはつまり、「ゴムさえつけりゃヤッてよし」ってことだよね？　学校公認だよね？　だったら、二人きりの外泊を他人にあれこれ言われる筋合いはないことになるな。だってもし、「ヤッてよい。ただし日没までには家に帰ること」なんて言われたら、もう校内でするしかないじゃん。

ともかく、学校の許可は暗黙のうちに取り付けたとして、マミの許可は無事に下りるんだろうか。そういえばマミって、したことあんのかな？　あるかもしれないな。いや、きっとある。キスは最初からあきらかにうまかったし、今まで付き合った人数は二人とか言ってたし、男との接し方も手馴《てな》れてる感じだ。これで処女だったら逆に意外だろう。でもまあ、相手に経験があったほうがなにかと楽でいいか。バリバリの処女だったらこっちも変に責任感じるけど、ヤッたことあるんならわりと簡単に話を持っていけそうだ。童貞捨てる相手としては最適だよな。

やべ。また腰の前の方がムズムズしてきた。それに加えて、骨まで凍りそうなほど寒い。バスはもう行ったんだし、いつまでもこんな所に立ってても意味ないな。家に戻ってコタツで雑煮でも食うか。それから、忘れないうちにお年玉も貰《もら》っておこう。今年はいくらだろうか。高校生になったんだから、当然去年より上がってるはずだよな。

＊

この電車は、地方都市で送る自分の老後というものをどう捉《とら》えているのだろうか。民家の軒をかすめるようにしてノコノコ進む古い電車に揺られながら、そんなことをふと思った。

おれが住む愛媛県松山市には予讃《よさん》線というJRの線路も通っているが、市民にとって馴染《なじ》みが深いのはたぶんこの私鉄の伊予鉄道のほうだろう。

松山で「伊予鉄の電車」というと二種類あって、駅に停まるいわゆる普通の電車は「郊外電車」、停留所に停まる路面電車のことは「市内電車」と呼ばれている。今おれが乗っているのは郊外電車の方で、もうすぐ松山市駅に着くところだ。

走行中の車内は横揺れが大きく、吊《つ》り革が右に左にぶらんぶらんと揺れている。この車輛《しゃりょう》、調べてみたら京王《けいおう》線のお下がりらしい。だいたい六〇年代から八〇年代にかけてあっちで運用されてたのが、古くなったんで伊予鉄に売られたんだそうだ。

それって、いわゆる都落ちだよな。気の毒な話だ。かつてはクリーム色のボディにスマートな赤い帯を巻いて巨大ターミナル・新宿駅を発着していた電車が、今は玉子豆腐のようなぼんやりした色のボディに伊予柑《いよかん》チックなオレンジの帯を巻き、少ない客を乗せて四国の単線を行ったり来たりしている。この電車本人は、そんな境遇をどう受け止めているのだろうか。

おれだったら耐えられない。こんな辺鄙《へんぴ》な田舎で一生を終えるのは嫌だ。おれがもし電車だったら西衣山《にしきぬやま》あたりの立体交差で予讃線の線路に強引に割り込み、瀬戸大橋を渡って山陽本線、東海道本線と暴走し、そのまままっすぐ東京まで帰ってやる。

なんて妄想したりメールチェックをしたりしているうちに電車は駅に到着し、小ぶりな一枚扉がガランガランと大儀そうに開いた。こんな些細《ささい》な動きにも、都落ちの無念が滲《にじ》み出ているように感じられてならない。

肩から提げたでかいダッフルバッグを持ち直し、おれは駅前に出た。曇っていてもそこは瀬戸内海地方、昼になると冷え込みはやわらぎ、首に巻いたマフラーがちょっと鬱《うっ》陶《とう》しく感じられる気温になってきた。

市内電車の停留所ではちょうど、鉄色の坊っちゃん列車が方向転換しているところだった。蒸気機関車ギミックのディーゼル車が、これまた明治時代ギミックの制服を着た職員の手で一八〇度転回される。

道後《どうご》温泉やJRの松山駅を結ぶこの路面電車は地元にとっては重要な観光資源なのだろうが、おれはどうしても好きになれない。いかにも観光客目当てであざとい感じがするし、なにより名前が嫌だ。この町はなんでもかんでも「坊っちゃん」なのだ。「坊っちゃん列車」に「坊っちゃん団子」に「坊っちゃんスタジアム」。「坊っちゃん文学賞」なんてものまである。

おれは問いたい。お前ら読んだことあるのかよ、『坊っちゃん』。松山をモデルにした作中の舞台がボロクソに叩かれてるのに、文学作品の舞台になったなんてありがたがっている場合か。「猫の額程な町内の癖に」だの「卑劣な根性」だの「不浄な地」だのと夏目漱石《なつめそうせき》にさんざんディスられておいて「文学の街・松山」なんて胸を張っていられるその神経がおれには理解できない。そんなんだから「豚は、打《ぶ》っても擲《たた》いても豚」なんてこき下ろされちゃうんだよ。

でもおれはちがう。いつかこの豚の町から脱出してみせる。こんな泥臭い田舎でいつまでもくすぶっていられるか。

こちらにくるりと尻《しり》を向けた坊っちゃん列車を横目に、おれは駅前ロータリーの東側にある銀天街《ぎんてんがい》というアーケード街に入った。この銀天街を五分あまり歩いて突き当たりを左に折れると、大街道《おおかいどう》というもうひとつのアーケード街が北方向に続いている。L字形に接したこの二つの商店街は「猫の額程な町内」の中でも比較的にぎやかな、うっかりすると繁華街と呼べてしまうかもしれない様相を呈しているのだ。といっても、渋谷のセンター街や池袋《いけぶくろ》のサンシャイン60通りの賑《にぎ》わいとは比べようもないのだが。

ため息をひとつつき、おれはその銀天街のとっかかりにあるロッテリアに入った。大きく重いバッグに振り回されつつ、てりやきバーガーセットをトレーから落とさぬように慎重に運ぶ。

山本の姿はすぐに見つかった。うなぎの寝床のような店内のいちばん奥のテーブルで、渡辺《わたなべ》や林《はやし》たちとハンバーガーを食っている。おれが「よっ」と声をかけて寄っていくと、揃いも揃ってくすんだチェック柄のネルシャツを身につけた三人組は、一様に歓迎と当惑の入り交じった表情を浮かべた。まあ、クラスが同じという以外にこれといって接点がないんだから、そういう微妙な反応をされるのも当然か。

だが、こいつらには利用価値がある。このデブとチビと天然パーマは今夜から「青春18きっぷを使った中国地方一周貧乏旅行」に出発するのだ。去年のうちにその話を聞きつけたおれが「一緒に行くことにしてくれ」と頼むと、三人は半ば嫌々ながら承諾してくれた。ありがたい。持つべきものは顔見知り程度のクラスメイトだ。

ピーコートとマフラーを背もたれに掛けて席に座り、「紅白見た?」というような当たり障りのない話をしながら、おれはてりやきバーガーセットをむさぼり食った。十分ばかりそうやって無駄話をして場の空気を和ませたところで、いよいよ本題に入る。

「で、もちろん山本たちのことは信用してるんだけどさ、うちの親にバレるとややこしくなるんで、口裏合わせへのご協力、くれぐれもよろしくお願いしますよ。な、カッカレー奢《おご》るから」

コーラのストローから口を離し、おれは向かいに座る山本に向かって手を合わせた。

「まあいいけど」なんて言いながら相手は曖昧《あいまい》に頷《うなず》く。きっと学食のカツカレーを報酬にするまでもなく、お人好《ひとよ》しのこいつらはおれの頼みを聞いてくれたことだろう。でも、口止め料をケチれば何が起こるかわからないから、カツカレーは約束どおり振る舞わねば。付き合いの狭いこいつらだって、貸し借りがいっさいなければ誰かの前でうっかり口が滑ることもあるだろう。

「ほやけどなんで小谷《こたに》は、人にカレーを奢ってまで東京に行きたいんよ？」

三人の中でいちばんちっちゃい渡辺が、はす向かいの席で中学生みたいな童顔を傾げた。

「だって行きたいじゃん、東京」

おれの答えは、答えになっていない。でもそれが正直な気持ちだ。また、マミと行くことは三人には伏せてあるので詳しく言えないという事情もある。

「なんか、わかるようなわからんような」

おれのとなりに座る林が、内巻きのくせっ毛を掻《か》いた。

「二人は東京、行ったことないの？」

　こっちから尋ね返すと、渡辺と林は揃って首を横に振った。

「立川《たちかわ》に親戚《しんせき》がおるけん、何度か行った。夕方のラッシュに巻き込まれて吐きそうになったことがある」

「俺は二回行ったけど、小学生やったけんかディズニーランドと東京タワー以外はあまり楽しいとは思わんかったわい」

　もっとビビッドな反応があるかと思ってたのに、二人から返ってきたのはそんな気のない答えだった。こいつらダメだ。血の半分がポンジュースでできてる奴っていうのは、たいていこんな感じだ。のんびりしすぎだ。

「山本は？」

　おれは質問する相手を変えた。

「東京には行ったことないけど、べつに松山に不自由を感じたこともないしなあ」

　もちゅもちゅと不快な音を立てて二つめのチーズバーガーを咀嚼《そしやく》しながら、山本はつまらなそうに答えた。こいつもダメだ。そんなふうに現状に満足してるからブクブク太っちゃうんだよ。

「でも、東京ってやっぱスゲーじゃん」無関心な三人を相手に妙にむきになったおれは、そう言って口を尖《とが》らせた。「おれも林と同じで二回しか行ったことなくて、最後が中二のときだから二年？　三年近く行ってないんだけど、ビルのでかさとか人の多さとか、かなり衝撃受けたよ」

　山本が壁の向こうの駅方向を指差す。

「そこの市駅の上の髙島屋《たかしまや》もでかいやん。しかも屋上に大観覧車付きだし」

「そういうことじゃなくて」ため息が出る。「髙島屋なら新宿に巨大空母みたいのがあるし、あっちは『くるりん』なんてマヌケな名前の観覧車載っけたりしてないよ。とにかく、あっちはスケールがちがうんだよ。東京の大手町《おおてまち》を見ちゃったら、松山にも大手町という場所がありますなんて恥ずかしくて言えなくなるって。あと渋谷とかも、やっぱ圧倒的じゃん。丸井《まるい》だハンズだロフトだパルコだタワレコだって有名店がうじゃうじゃあって、あとハチ公前交差点の人通りなんか、四国の全交差点の交通量余裕で超えてるし」

「ほんま?」

　ドリンクのストローを口に咥《くわ》えたまま、渡辺が目を丸くした。

「いや、今のは言いすぎた。でも、あっちはそのくらいすごいんだよ。あと、銀座《ぎんざ》の並木通りなんかシャネルとかグッチとかの世界的なブランドの店がずらーっと並んでて、とにかくエライことになってるよ。そんなの松山じゃあり得ないだろ?」おれは向かいの山本に向き直った。「お前もこんなちっちゃい町に満足してないでさ、一回ぐらい東京行ってこいよ。ああいう光景を見ないで死んだら人生損するよ」

　そう叱咤《しった》してやると、山本は曖昧な笑顔を浮かべてチーズバーガーの残りを口に放り込んだ。もっちゅもっちゅという嫌な音が耳元に迫る。

デブならではの食いっぷりのよさにあきれているおれに、渡辺が尋ねてきた。

「冬に東京行って何するん？　観光？　それか今から大学の見学？　でも、正月やけんオープンキャンパスとかはやってないやんな」

そこを突かれると痛い。明日《あした》のマミの買い物に付き合う以外は、じつは何も決めていないのだ。おれとしては、将来の上京を睨《にら》んで下見のようなこともしておきたいのだが、買い物と観光で頭がいっぱいのマミにはそんなこと言っても通じない。マミの希望はディズニーシーだったが、予算は限られているし、そんな大メジャー観光地に行けば顔見知りに出くわす可能性もなくはないので、なだめすかして断念させたのだ。だから買い物終了後の旅程についてはまったくの未定だ。でもこの場でそんなことを正直に申告するわけにはいかないから、何かでっち上げておかないと。

「んーと、まあ、メインは美術館めぐりやな。上野《うえの》とか六本木《ろっぽんぎ》とか」

しまった。キャラと掛け離れたことを口走ってしまった。毎晩読んでいたガイドブックの影響が、思わぬ形で出てしまった。

「へー、そんな趣味あったんや」

渡辺に本気で感心されてしまった。こいつ、素直ないい子だ。

「美術館て、新年の二日から開いとん？」

一方、林は現実的だ。非現実的なほどどきつい天パのくせに。

「あのさ、二十三区内だけで美術館がいくつあると思う？　松山とは規模がちがうんやけん。まあ、おれが主に行くんは世田谷《せたがや》あたりの小さなとこがほとんどやけん、名前言うても知らんやろうけどな」

綻《ほころ》びを隠そうと、おれは出まかせにさらに出まかせを重ねた。顔はへらへら笑っているが、セーターの下にいやな汗が滲《にじ》む。

「世田谷かあ。ほんまに詳しいんやな、東京のこと」

林もとりあえず納得してくれたらしい。助かった。

「それはもう、街の位置関係とか地下鉄の路線図とか、ほぼ頭に入ってるから」

今のは出まかせではなく、本当の話だ。

「あのさあ、その情熱はいったいどっから出てくんの？」

フライドポテトにバーベキューソースをねっとりからませながら、山本が根本的な疑問を口にした。おれはちょっと間を置いて頭の中を整理し、それから答えた。

「んー、なんていうか、チャリで学校通ってると、33号線で毎朝、東京から来た夜行バスとすれ違うんだよ、もう、毎ー朝。夜になると、今度は逆に東京行きが高速方面に走ってくし。そういうのを見てると、こう、深い感慨を覚えるというか、居ても立っても居られなくなるというか、そういう感じなんだよ。なんかこう、自分が住む町と東京が道路一本で通じてると思うとすごくない？　乗り換えなしで東京行けるんよ？」

しなびたフライドポテトを口に放り込む手を止め、山本は不思議そうな顔をした。

「飛行機も乗り換えなしで行けるやん」

「だーもうっ、わかってねえ。そういうことじゃないんだって。この、地続き感というか繋《つな》がってる感というか、そういうところにロマンがあるんだよ。わかるだろ？」

おれの問いかけにも、三人は首を傾げるばかりだ。こいつら、勉強はできるんだけどイマジネーションが貧困だ。

打《ぶ》っても擲《たた》いても手応《てごた》えのない奴らを相手に熱弁をふるうことが、なんだか急にばかばかしく思えてきた。

「まあいいや」そう言っておれは話を投げ出した。「でも、どっちかっていうと、わざわざこの時期に極寒の日本海沿岸を巡るお前らの物好きぶりの方が、おれにはわかんないなあ」

渡辺が、なぜか照れくさそうにはにかんだ。

「いや、夏に『四国再発見きっぷ』いうの使うて四国一周したけんな、今度は中国方面かなと思って」

「え？　そんなイベント消化してたんだ。なに、三人で？」

今度は、山本や林も妙なはにかみ笑いをしてみせた。渡辺が続ける。

「今回のテーマのひとつは北近畿《きんき》タンゴ鉄道に乗って、雪化粧した天橋立《あまのはしだて》を見に行くこと。といってもあの路線はＪＲじゃなしに第三セクターなんやけど、18きっぷ持ってる客だけが買えるＫＴＲ青春フリーきっぷいうんが発売されとって――」

聞いてもいないのに、チビは旅の計画を滔々《とうとう》と語りはじめてしまった。

青春18きっぷで特急用の車輛《しゃりょう》に乗れる区間があるだとか、米子《よなご》到着が夜の八時を過ぎるだとか、三時間半も快速に乗りっぱなしの日があるだとか、境線《さかい》がどうだとか呉線《くれ》がどうだとか、渡辺は鬱陶《うっとう》しいほど懇切丁寧に説明してくれる。途中からは山本や林も加わり、夜行列車の座席指定券や分厚い時刻表まで持ち出してやいのやいのと言いだした。

その様はなんというか、じつに童貞くさい。誓ってもいいが、三人ともまずまちがいなく童貞だろう。気の毒に、この三人組が米子の安宿で震えながら眠っている頃、おれは道玄坂《どうげんざか》のラブホでマミとあんなことやこんなことをしているのだ。なんという落差。なんという天国と地獄。

電車について熱く語る童貞たちを哀れんでいるうちに、自然とため息が出てきた。

「なんか聞いてるとさ、観光というよりは修行みたいな厳しさが伝わってくるんだけど、そんなんでしんどくないの？」

「しんどいわい」林はあっさりと認めた。「疲れるし、待ち時間は長いし、列車はうんざりするほど遅いし、長時間座りっぱなしで体は痛くなるし」

ちょっと、意外な答えだった。

「おお。四国一周のときは疲れすぎて機嫌悪くなって、二日目の土讃《どさん》線なんて最悪の空気やったな」

渡辺が赤い唇に笑みを浮かべると、山本も二重アゴを押し潰《つぶ》さんばかりに深く頷《うなず》く。

「ほうよ。三人ともバラバラに座って、目も合わせんのよ。あれはごめん・なはり線の反動が出た。ずっとオープンデッキに立ちっぱなしで海見て騒いでたから」

おれを置き去りにして、林も思い出話に加わった。

「初日の牟岐《むぎ》線もすさまじかったな。『この先にほんまに町なんかあるんやろか』って心配になるくらいに鄙《ひな》びた沿線風景で、しかも夕暮れどきで」

「やけんかしらん、松山に帰ってきて市内電車が走っとるん見たときは、変に感動したわ」

「ほう。ほんまにほうよ。旅の最終目的地は地元やったんかって感じで、それが妙に新鮮やった。たったの三日やったけど、なんやいっぱい経験値を稼いだ気がしたわい」

お目々をキラキラさせて過ぎ去りし日を懐かしむデブとチビと天パを眺めながら、おれは太平洋の青さと顔に当たる潮風の感触というものを想像した。

こいつら、楽しそうだなあ。

そんなことを、一瞬だけ思った。

いや、仲間に入りたいわけじゃない。誰がこんな痛々しいグループに入るか。おれはマミと東京に行くんだ。旅は女連れの方が楽しいにきまってる。

「何時出発？」

山本からだしぬけに尋ねられ、おれは「え？」と聞き返した。

「やけん、何時出発？　夜行バス」

「ああ、えっと、七時一〇分」

「ほうか。俺たちが乗る『ムーンライト松山』は一〇時四〇分発やけん、三時間半も前か。一時間ぐらいの差やったら見送ってあげてもよかったんだけど」

「いや！　ええ。見送りなんかええけん」

思いがけぬ提案を受け、おれは必要以上に固く断ってしまった。まったく、そんなことをされたらたまらない。なぜなら松山駅前からバスに乗るのはおれじゃなく、マミだからだ。おれは松山駅前ではなく、そのひとつ手前の「JR松山支店」という乗り場から乗車する手筈《てはず》になっている。そうするのはもちろん、二人一緒にいるところを目撃されないようにするためだ。

「そうか。まあ、見送りはちょっと大げさだよね」

山本は自分の提案に苦笑し、芋虫みたいな指で鼻をこすった。

「うん。ほんと、ぜんぜん一人で行けるから」

「ほやけど」林が腕組みする。「小谷は親対策のアリバイ作りせないかんのやろ？　そしたら松山の駅舎らへんをバックに集合写真撮っといたほうがええんやないん？　ちゃんと四人で行ったっていう物証にもなるけん」

「あ、それもそうやな」渡辺が時刻表を繰りはじめた。「べつに『ムーンライト』の発車時刻まで松山にいる必要はなくて、写真撮って小谷を見送ったら、七時か八時台の列車で進めるだけ先に進んだってもええんやけん。ほら、たとえばこの550Mやったら、伊予西条《いよさいじょう》まで先行できる」

　親切で言ってくれているんだろうが、頼むから余計なことはしないでほしい。

「いやいやいや、ほんといいって。写真とか撮ってもどうせうちの親、見ないから」これはもう、話を断ち切って逃げるしかない。「ほんと、マジで見送り遠慮します。てゆーか来んといて。ほら、おれはこう見えて案外照れ屋さんだから。とにかく、口裏合わせだけお願い。あとのことはええけん。じゃ、また始業式の日に」

　バッグとコートを両腕で抱え込み、おれは引きつり笑いを残して席を離れた。

＊

　長編マンガの十巻までを読み終わり、ちょっとドリンクバーにでも行くかと席を立ったところで、マミからメールが来た。

〈松山駅の場所わ、しっとる。でも、バスの乗り場がぃまぃちわかんなぃ⤵〉

　だそうだ。

　日没までネットカフェに潜伏して知り合いや学校関係者の目をやり過ごすつもりだったのだが、事情が変わってしまった。

　とにかく、なんとかして教えてやらなければならない。メールで相談した結果、今からバス乗り場まで行って写メを撮り、マミに送ってやることになった。まったく、手のかかる女だ。だからあれほど乗り場の下見はしておけと言ったのに。

薄暗い雑居ビルの外に出ると、西日を浴びた大街道の町は市内電車と同じ色に染まっていた。松山城のある勝山《かつやま》も、淡い柑橘《かんきつ》系の色に変わっている。のっぺりとした、田舎くさい光景だ。

信号を渡ったところで、ちょうどJR松山駅前行きの市内電車がやってきた。これがまた、三種類あるうちのいちばん古いタイプの車輌だった。おれは軽く舌打ちをしてステップを上がった。

うちの両親が生まれる前からこの町を行ったり来たりしている電車は、喘息《ぜんそく》のじいさんの断末魔のような唸《うな》りを上げげつつ西に向かって進む。新型車輌との置き換えが進んでいるとはいえ、加速と減速のたびにあちこちが軋《きし》むようなポンコツが現役で働いているのもこの町くらいのものだろう。十年そこそこの間隔で新型車がバンバン投入される首都圏のJRや私鉄とは、車輌速度も時代の流れも次元がちがう。

堀端《ほりばた》通りを離れた電車は大手町の平面交差をガンガンと音立てて乗り越え、へたり込むように松山駅前に到着した。この駅はいちおう町の表玄関に当たるのだが、西外れのちょっと不便な場所にあるので、駅前の人通りは松山市駅よりもむしろ少ない。

電車を降りたおれはさっそく〈ドリーム高松・松山号〉の乗り場と、正岡子規《まさおかしき》の句碑などの目印になりそうなものをケータイに撮り、マミに送った。

送信完了のメッセージを確認し、ケータイをポケットにしまう。

顔を上げたら、駅舎の三角屋根がロータリーに尖《とが》った影を形作っているのが目に入った。残念ながら、曇りの予報は外れたみたいだ。

時刻はまだ三時半。出発までの手持ち無沙汰《ぶさた》な時間をどう潰そうか。大街道まで戻るのは面倒だし、かといって駅前に一人で長居できるような店はというと、こっちでもやっぱりネットカフェぐらいしか見当たらない。これだから小さな町というのは。

十分近く待たされて焦《じ》れはじめた頃にようやく、マミから〈りょぅかぃ◇◇　ぃまからお風呂《ふろ》。ぢゃノシ〉という返信が来た。

体中がむずむずした。

風呂に入る――つまり裸になることをおれに報告するのは、これはつまり、マミ流のアピールなんじゃないだろうか。いや、そうにちがいない。聞かれてもいないことをわざわざ宣言するのは、マミに少なからずその気があるからだろう。

思えば、東京での宿泊先を相談したときにすでに兆候は表れていた。おれが冗談ぽく「部屋はツインでいいよな」と言うと、マミは「バカ」とたしなめつつも口元に笑みを浮かべたのだ。本気で嫌だったら、あんな反応はしないはずだ。

そのときは結局、「新宿あたりのビジネスホテルのシングルを二部屋予約しておく」と言って話を終わらせたのだが、じつはひとつ、マミに打ち明けていない事実がある。

ホテル、予約してないのだ。

いや、忘れていたわけでも、横着したわけでもない。最初っから予約する気ゼロだったのだ。なぜ宿を押さえなかったかというと、それはもちろんヤるためだ。

計画は単純だ。明日の夕方、予約したはずのホテルからおれのケータイに電話が掛ってきたという芝居を打つ。「え？　ダブルブッキングで泊まれない？」などとしらじらしく驚いてみせる。いったん電話を切っ（たふりをし）て、マミに「どうする？」と迫真の困り顔で相談、という具合だ。

相手は買い物疲れで思考能力が衰えているはずだから、話の進めようによっては道玄坂あたりのラブホテルに連れ込める可能性はあるだろう。もしもマミが嫌そうな素振りを見せた場合は、あらためて適当なビジネスホテルを予約してもいい。だがそのケースでも、どさくさまぎれにツインルームを取ってしまえる可能性はある。ポイントは、とにかく相手に考える余裕を与えないことだ。

こんな陰謀が存在していることを知ったら、マミはおれを嫌うだろうか。いや、二人きりで旅行に行くことを決めた段階で、暗黙の了解は成立しているはずだ。ビビるなおれ。学校の授業が正しいのなら、ゴムさえつけりゃ誰からも咎《とが》められる筋合いはないはずだ。

コートのポケットの中でこっそり決意の拳《こぶし》を固めていると、背後からいきなり肩を叩《たた》かれた。

「あうっ」

おれはたしかに、そう発音した。

振り向くと、聡子《さとこ》先生が立っていた。この人は我が校の国語教師で、おれのクラスの担任でもある。だからマミとの東京旅行を知られるわけにはいかない人物の最右翼なのだが、あらかじめウソを吹き込んであるので心配はない。

「なんだ、ビビッた。聡子先生か」

「北村《きたむら》先生って呼んでって言うとるやろ」

厚めの唇を尖らせ、聡子先生は怒るふりをした。この人、おれよりぴったり十歳年上なんだけど、仕草や顔立ちのせいでずっと幼く見える。この人、
なにせ担任なだけに先生とは毎日のように顔を合わせているのだが、デニムを穿《は》いているところは初めて見た。なんか、似合ってない。

「で、なんでここにいるの、聡子先生」

「……聞いとらんし」ため息をついた聡子先生は、すぐに機嫌を取り直してにまっと笑った。「先生な、これから護國《ごこく》神社行くんよ、初詣《はつもうで》」

「ふーん。でも、先生んち市坪《いちつぼ》の方でしょ？　そしたら椿《つばき》神社の方がずっと近くね？」

「ううん、一人じゃなしに、高校時代の女バスの仲間とみんなで行くけん。総勢六人。でもこの時間やったら、ちょっと早く着きすぎちゃうかも」

ダウンジャケットの袖《そで》をまくり、先生は腕時計に目を落とす。

「へー、バスケやってたんだ。聡子先生、補欠だったでしょ？」

「なんでわかるん？」

「背、ちっちゃいから」

「うるさいな」

拗ねる表情からは、教師らしい威厳も微塵も感じられない。こういうところがけっこうかわいくて、じつをいうと前まではけっこう好きだった。でも、マミと付き合うようになってからはもう、気の毒だがオバサンにしか見えない。だってこの人、三十路へのカウントダウンが始まってんだもん。考えてみると、妄想の中でちょくちょくお世話になっていた去年のおれって、えらい年増好みだったんだな。

「……なに？」

相手が怪訝《けげん》そうにしているのに気づいて、おれは真顔からにやけ顔に表情を切り替えた。

「え、いや、べつに？で、なんで十年も前の友達と初詣なんかに？」

聡子先生はなんだか自慢げに胸を張った。

「だって毎年恒例やけん。ほんまはな、初詣よりその後の飲み会が目的なんやけど」

「男作りなよ」

「うるさいな」また、ぷっとむくれる。「だってほら、この時期は東京とか大阪に住んでる子たちがこっちに帰ってくるけん、集まりやすいんよ。万難排してでも行くべきやろ」

東京と聞き、おれの胸は恥ずかしいくらい素直に高鳴ってしまった。下手に沈黙するとかえってボロが出そうなので、平静を装って会話を続ける。

「ふーん。ほしたら、同窓会みたいなもんか」

「地元組の友達とは今でもときどき飲んだりしよるけん、そんな感じもせんけどな。あ、お酒は二十歳になってからやけんね。高校時代は飲んでなかったんよ、ほんとに」

急に自分の職業を思い出したらしく、聡子先生は真面目ぶった顔つきでそう言った。

そうか、十年来の友達か。

おれ、今の高校で十年付き合いが続きそうな友達、いるかな？　橋田、ミヤ、保《たもつ》、千《ち》尋《ひろ》、よっちん、エリカ。仲のいい奴はけっこう多いけど、あいつらとそこまで濃い繋《つな》がりはないかもしれない。

いや、友達関係が十年続く必要なんてあるのか？　もちろん、今は友達が必要だ。試験前にノートを貸してくれる奴がいないと困るし、教室とか学食で一人になったら恥ずかしい。でも、高校卒業しちゃったらもう、付き合いを続けるメリットが見当たらないよな。だいたいおれ、いつか東京に出て行くんだから関係ないし。

「ねえ、小谷くん」聡子先生が、おれの足元のダッフルバッグに目を落としている。

「山本くんから聞いたんやけど、電車の出発って夜一〇時過ぎよね。今から駅に来てどうするん？」

しまった。言い訳を用意してない。

「え？　いや、ほら」道路の向こうのボウリング場を、おれは咄嗟《とっさ》に指差した。「アレよ、これからそこのボウリング場で橋田たちと遊ぶことになっとるんよ。そのあと家帰って荷物取ってくるんも大儀いやん？　だからバッグはコインロッカーに預けようと思って」

「うわあ、ボウリングやったあと夜行列車に乗るんや。元気やなあ」聡子先生は目を丸くした。「遊ぶんはええけど、九時までには家に帰りなさいって橋田くんに言うといてよ？」

「うん。言うとく言うとく」

なんとかごまかせた。が、これで橋田にもカッカレーを奢《おご》る必要が生じてしまった。

「あれ？」聡子先生は小首を傾げた。まだ何か疑問があるらしい。「小谷くん、学割申請しとったやんな。でもたしか、18きっぷって学割利かんのやなかったっけ」

そんなこと知らねえよ。勘弁してくれ。

「あ、うん、ほうよ、学割利かんのよ。おれ知らなんだんよ。あとで山本に言われて焦った。ほら、近畿タンゴ電車？　そういうの乗るけん、なんか必要なんかなーと思って」作り笑いを浮かべてでたらめを並べ立てるおれの耳に、アルトリコーダーのようなポーッという汽笛の音が飛び込んできた。「あ、坊っちゃん列車」

話を逸《そ》らそうと、おれは地元民にとってはめずらしくもない観光列車を指差した。

市内電車の停留所では、観光客たちがうれしそうにカメラやケータイを構えていた。

SLもどきがフェイクの煙を吐き出しながら、妙に誇らしげにそこへ滑り込む。

「小谷くん、坊っちゃん列車好きなの？」

おもいっきり心外なことを言われた。

「ううん、大嫌い。ニセモンやん、あんなん。あいつらわざわざ写真に撮って、そんなに騒ぐようなもんか？」

むきになって否定するおれに、先生は「観光客は苦手？」と尋ねてきた。

「観光客じゃなくて、もの欲しげな地元の姿勢にイライラする。『坊っちゃん』の舞台ってことを強調するなんて、全国に恥さらしてるようなもんじゃん」

「松山、嫌いなんだ」

聡子先生が、ちょっと寂しそうに微笑んだ。その表情におれは自分でも意外なほどどぎまぎしてしまい、悪口をさらに重ねて動揺を押し隠した。

「嫌いだね。ちっちゃいし、不便だし、町全体が古くさいし。せいぜい道後温泉と松山城ぐらいしか自慢するものがない田舎だもん」

「うーん。なるほどなぁ」と前置きし、先生が異論を述べる。「ほやけど、温泉とお城ぐらいしか自慢するものがないからこそ、坊っちゃん列車走らせとんやないかなあ。『坊っちゃん』の観光資源化にしたって、書かれたもん勝ちじゃゃって言わんばかりに客寄せに使っちゃう逞《たくま》しさは、私はえらい思うけど。小説の内容が松山の悪口ばっかりやろうと、ね」

「そんなもんかねえ」

先生は我がことのように胸を張った。

「私は好きよ、この町。お城があって路面電車が走ってて温泉まであるなんて、けっこう貴重やろ。誕生日はタダで『くるりん』乗れるし」

人気だな、あの観覧車。

おれが心の中でこっそり嗤《わら》っていることも知らず、先生は話を続けた。

「今は日本中どこも東京の縮小版みたいな整然とした街ばっかりやけん、私には松山のあっけらかんとした感じが余計にかわいらしく見えとんかもしれんね。だって松山って、『水道からポンジュース』伝説を実現させちゃったりするんよ？　この町のそういうお気楽さ、かわいいと思わん？」

「思わん」

「ありゃー」

先生は小さな鼻に皺《しわ》を寄せて苦笑した。

ちくしょうこの人、かわいいじゃないか。説教くさいくせに。大きめの白いダウンジャケットに青々としたジーンズなんてダサい恰好《かっこう》してるくせに。四捨五入すれば三十のくせに。

「聡子先生は、どうして東京行かんかったん？」

気づいたときには、そんな問いかけが口からこぼれ出ていた。

「なんか、唐突な質問やね」

こちらを覗《のぞ》き込む目から逃れ、おれは早口で続けた。

「だって、家は市坪、高校は市駅のすぐ近く、大学は赤十字病院のそば、職場は家から自転車で通える場所、って、先生の人生、松山城から肉眼で見える範囲に収まっちゃってんじゃん。そんなの、物足りなくない？　大学とか就職で東京行ってたら、もっと派手でにぎやかな生活できてたよ、ぜったい」

古町《こまち》方面へと発車した坊っちゃん列車を見送りながら、先生は付き合いの途切れた知人の名前を思い出すような顔をした。

「うーん、東京ねえ。私も、今の小谷くんくらいやった頃はちょっと憧《あこが》れとったかもね。でも、自分にはこの町のサイズとかのんびりした雰囲気がしっくりくるんやなあって、この歳になって感じてきたんよ」

「もったいないよ。愛媛の公立高校の教師なんか、給料だってたかが知れてんじゃん。先生なら向こうで就職先選び放題だったと思うよ、頭いいんだし」

「え？　私、褒められた？　ありがと」困ったような笑顔を浮かべ、先生は続けた。

「やけどね、自分で言うんもなんやけど、生まれ育った土地に居場所があるのって、けっこう素敵なことやと思うよ。東京はたしかに華やかで便利やけど、あそこはやっぱりよその土地やけん」

「何年か住めば、よその土地じゃなくなるよ」

そう答えると、先生の声はふいに小さくなった。

「小谷くんも、いつか松山から出ていくん？」

もちろん、と答えるつもりが、おれの唇はどういうわけか別の形に動いた。

「まあ、たぶん」

「みんなそうやって含みを持たせて、結局は出てっちゃうんよねー」

笑い声ではあるものの、先生の目にはおれの知らない種類の影が差していた。

その場しのぎの言葉が、口をついて出る。

「だから、『たぶん』だって。『たぶん』」

「ほしたら、居ったらええやん。居りや、この町に」

まっすぐに目を見つめられ、おれはつい視線を逸らした。

軽口を返せばいいのだろうか。それとも、真面目に答えるべきなのだろうか。

似合いもしない真顔で黙っていると、おれを困らせた聡子先生は自ら助け船を出してくれた。

「ごめんごめん、生徒捕まえてなに愚痴っとんやろうね。これから古い友達に会うけん、なんかおかしな気分になっとんかも」北風に体を震わせた先生はもう、いつもの顔に戻っていた。「だいぶ冷えてきたね」

「そうだね」

それしか答えられなかった。首元がいやに冷たくて、していたはずのマフラーがないことに初めて気づいた。しかし、そんな些細《ささい》なことを口に出すのは憚《はばか》られる気持ちがして、おれは黙っていた。

ロータリーに落ちた駅舎の影が、知らないうちにだいぶ伸びていた。

腕時計でもう一度時間を確かめると、先生は普段どおりの明るい声で言った。

「風邪ひいたらいかんけん、ここじゃなしにどこか建物の中で待っとったら？　私もそろそろ行かんと。ほうよ、18きっぷの旅、気をつけて行ってきてな。まあ、山本くんが一緒やったら、この世の果てでも行かないかぎりコミュニケーションの心配はないか」

ごめん、聡子先生。コミュニケーションといったっておれ、あのデブとそんなに仲良くないし、ほんとは行き先も別々なんだ。

「ほしたら、ボウリング場の下のゲーセンで暇つぶししてっかな」

わざと脳天気な声でそう言い、おれは足元のバッグを拾い上げた。

＊

もっと心が躍ってもいいはずだ。二年ぶりの、しかも彼女と一緒の東京行きなのだ。ニヤニヤ笑いが止まらなくなっていてもいいはずだ。

だけど気持ちはさっぱり盛り上がらず、物事はあっけないほど坦々《たんたん》と進んでいく。

オレンジ色の街灯が発するもの寂しい光の中を、二階建てバスは静かに走っている。三列ずつ並んだリクライニングシートのほとんどは空席だ。大方の乗客は松山駅やその先の大街道あたりから乗ってくるのだろう。

おれは窓際の席に深く凭《もた》れ、凪《なぎ》の海を進むような滑らかな揺れに身をまかせている。松山駅はもうすぐだ。あと数分でマミに会えるというのに、窓に映るおれの表情はなぜかぱっとしない。

あんなに楽しみにしてたのに、通学路でバスを見かけるたびに鳥肌を立たせていたのに、旅が始まってしまうとこんなものか。それともマミの顔を見たら、また興奮が蘇《よみがえ》ってくるのだろうか。いや、逆にもっと醒《さ》めそうな気もしてくる。

それもこれも、聡子先生が悪いのだ。「小谷くんも、いつか松山から出ていくん?」なんて変にシリアスな顔で言うから、物見遊山気分に水をぶっかけられてしまったのだ。なんだよ聡子先生。おかげで微妙な気分になっちゃったじゃないかよ。バーゲン終了後の一人芝居の計画とか、翌日の行き先選びとか、今年一年を占うような重大事だったはずなのに、先生のせいでなんだかどうでもよくなってきた。

頭の中で先生のほっぺたを引っ張ってやっていると、右の方からカチン、カチンという金属質の音が聞こえてきた。ひとつ置いた並びの席を見ると、毛玉だらけのセーターを着たバアさんが缶ジュースのプルトップと格闘していた。年寄りの力では、スチール缶ひとつ開けるのも大仕事になるらしい。

なんとかプルトップを起こそうとするしなびた指先を眺めていたら、はずみでバアさんとばっちり目が合ってしまった。その上相手から会釈されてしまっては、行きがかり上「開けましょうか」と言わないわけにはいかない。

「すみませんです」と渡された缶はやはり、えひめ飲料のポンジュースだった。地元民にはおなじみすぎるレトロなロゴと柑橘《かんきつ》類のイラストを目にすると、わが町にどこまでもついて来られているような気がして旅行のワクワク感はさらに減退した。

プルトップを一秒で開けて缶を返すと、バアさんは両手で受け取りながら「ありがとうな」と深々とお辞儀をしてきた。好青年みたいな真似をしてしまったことが急に恥ずかしくなり、おれは簡単に会釈を返すと窓の外に顔を向けた。

景色が急に明るくなった。松山駅のロータリーだ。白く照らされたロータリーを大きく旋回したバスは、子規の句碑の手前にある停留所で静かに停止した。

おれは窓におでこをくっつけるようにして、二階席から停留所を見下ろした。車体の横腹にあるドアの前では十人あまりの客が列を作り、乗務員の検札を受けている。が、その中にマミの姿はなかった。そんなことはないはずだと目を凝らして何度も探したが、やっぱりいない。

「あのバカ」

呟《つぶや》きが聞こえたのか、ポンジュースバアさんがひょいとこちらを窺《うかが》うのが窓に映りこんだ。おれは車内に乗り込む人の流れに逆らい、ステップを駆け下りてドアの外に出た。

夜風はいっそう冷たさを増している。

列は残り五人だけになっていたが、その中にマミはいない。

乗務員のうち一人はドアの手前で検札をし、もう一人が客から預かったキャリーケースや旅行鞄《かばん》を床下の収納スペースにしまっている。

まごまごしているうちに、最後の客がバスに乗り込んでしまった。検札の係は乗客リストを脇に挟み、腕時計に目を落としている。おれもあわててケータイで時間を確認した。七時一〇分ちょうど。まずい、発車時刻だ。

「あの」

声を掛けると、検札係は「はい？」とこっちに向き直った。

「すいません、一緒に乗るはずのカノ——友達がまだ来てないんで、もうちょっと出発待ってください」

「はあ。ええとそれは」検札係はリストの文字を指でなぞった。「10Bの席の、松山支店で乗ることになってた人？」

「そう。それです。ちょっと事情があって、ここから乗ることになってるんすけど」

「連絡とってみました？」

「あっ」

おれはすぐさまマミのケータイに電話を掛けた。五回、六回とコールが繰り返される。それが十回になり、二十回になっても相手は出ない。乗務員がもう一度、腕時計に目をやる。

もしかしたら、路線バスか市内電車に乗っているので電話に出られないのだろうか。いや、こんな切羽詰まった状況で周りに配慮なんかしていられないだろうし、どんなシチュエーションであれ、マミは迷わず電話に出る女だ。

乗務員があきらかに焦《じ》れはじめ、おれもあきらめかけて耳から端末を離したところで、ふいにコールが途切れた。

『……もしもし』

マミの声だ。

「お前何やっとるんよ。もうバス出ちゃうよ。今どこにおるん？　バスから見えるとこ？」

返事を待ったが、マミは答えない。

「おい！　マミ！　運転手さんに待ってもらってんだよ。早く来いよ」

『ごめーん、そっち行けなくなっちゃった』

悪びれる気配もなく、マミはそう答えた。

「は？　なに言ってんの？　停留所の場所教えてやったやろ？　なんで来んのよ」

『ん、さっきね、明日初詣《はつもうで》行こうって友達に誘われて』

「はあ？　そんなん断れよ。バーゲン行くんやろ？　だいたい初詣って、今朝よっちんたちと行ったやんか」

『明日のは、中学のときの友達と行くんやもん』

「なんよそれ？　こっちの約束の方が先やろが」

『そんなこと言ったって……』

「『そんなこと言ったって』、何よ」

しばらくの沈黙のあと、マミはだしぬけに大きな声でまくし立てた。

『そんなこと言ったって、楽しそうな方に行きたいやろ、ふつう。急に行けなくなって悪いけど、あっちで楽しんできて。じゃあ』

「ちょ、待――」

おれの言葉を待たずに、通話は切られた。

リダイヤルしようとケータイを操作する手は、乗務員の「どうなってます？」の声に遮られた。

ほんと、どうなってんだ。

「あ、なんか、来んみたいです」

考えがまとまらないうちに、おれは場ちがいな薄笑いを浮かべて答えていた。

「じゃあ、出発しちゃってもいいね」

「えーと、……はい」

マヌケな笑みを顔に張りつけたまま、おれはバスの中に戻った。ステップを上る背後で「ニーッ」というブザーの平べったい音がし、ドアが閉まった。

窓際の席に着くと同時に、バスはゆっくりと走りはじめた。ロータリーを離れ、夜の松山の町を滑るように進む。

なんなんだよ、マミ。なに考えてんだよ。

わけがわからない。

「お兄ちゃん」しゃがれた囁《ささや》き声に呼びかけられ、おれは右を向いた。マミが座るはずだったシートに片手を掛け、バアさんがこっちに体を向けている。「はいこれ、さっきのお礼」

差し出されたのはポンジュースの缶だった。もう一本持っていたらしい。

「あ、すいません」

ジュースなど飲みたくもなかったが、断る気力もなくしていたのか、なんとなく流れで受け取ってしまった。生ぬるい。

バアさんは顔を皺《しわ》だらけにして微笑むと、窓のカーテンを閉めてからシートに深く身を預けた。

一九〇ミリ入りの缶を持て余したまま、おれは窓の外に目を向けた。お堀に映る白とオレンジの街灯が、かすかに揺れながら後ろに過ぎ去っていく。

東京に行ける、マミとヤレると思ってはしゃいでいたおれは、なんだったんだ？

やたらと長く続いたコールの間、ディスプレイに表示されたおれの名前を見たマミは、電話に出るべきかどうかずっと迷っていたのだろう。苦虫を噛《か》み潰《つぶ》したような顔がありありと目に浮かぶ。

たぶんおれは、フラれたのだ。マミにとってのおれは、東京旅行という特典を合わせてもなお初詣に劣る、魅力の薄い存在に成り下がったのだ。

マミは、おれのはしゃぎっぷりに嫌気が差したのだろうか。それとも、土壇場になってこっちの下心に感づき、身の危険を察知したのだろうか。

きっと両方だ。なにせおれはひどく浮かれていたから。

堀端《ほりばた》を離れたバスは、県庁の前を通過すると徐々に速度を落としていった。大街道のバス乗り場だ。この先、松山インターチェンジの停留所にも停車はするが、町の中ではここが最後の乗り場になる。

ひょっとしたら初詣云々《うんぬん》はたちの悪い冗談で、マミはここからバスに乗ってくるのかもしれない。

そんな想像をちらりとしてみたが、乗り場にマミの姿はなかった。

数人の客を乗せ、バスは再び走りだした。二階席はほぼ満員になったが、おれのとなりだけがぽつんと空いている。

空席の向こうを見ると、まだ車内灯も消えていないというのに例のバアさんは早くも目を閉じていた。

次に停まる停留所や目的地などの音声ガイダンスが流れる中、おれは虚《むな》しさを撥《は》ね除《の》けるように缶ジュースのプルトップを引き起こした。

ちょうどその刹那《せつな》、市内電車の軌道を跨《また》いだバスが縦に揺れた。飲み口から溢《あふ》れたジュースが、パンツの脚の付け根に大きな染みを作る。

「ああ」

唇の隙間から、自分の声とは思えぬほど弱々しい嘆きが漏れた。

コーデュロイの濡《ぬ》れた部分をティッシュペーパーで何度も叩《たた》いたが、木綿地に滲《し》みた液体は完全には取れない。この場で拭《ふ》き取ることはあきらめるしかないみたいだ。

明日、ホテルにチェックインしたらすぐにバスルームで洗おう。

そう思い直したところで、おれはホテルの予約をしていなかったことを思い出した。最悪だ。女にはフラれ、パンツの微妙な部分にはでかでかと染みができ、明日の寝床も決まっていない。杜撰《ずさん》で無鉄砲な計画を立てた自分が恨めしい。

ため息を吐き出してから、おれは缶の中身をひと口飲んだ。飲み飽きているはずの地元の味は、これまでにないほどすっぱく感じられた。

市の中心部から外れたバスは、インターチェンジを目指して国道を南へ進む。交差点をあと二回曲がれば、その先には高速道路が控えている。

果汁一〇〇パーセントのとろっとした感触が、太腿《ふともも》にじんわりと伝わってきた。その不快な生ぬるさは、ポンコツとバカにされた市内電車からのささやかなしっぺ返しのように感じられた。

今朝のおれが下りのバスを見送った天山交差点を、今のおれを乗せた上りのバスは一瞬の躊躇《ちゅうちょ》も見せずに通過した。このまま乗り続ければ明日の朝には東京だ。だが、もうおれには渋谷のバーゲンに行く理由も、マミをラブホに連れ込む計画も、帰りのバスに乗るまでの予定もいっさいなくなってしまった。

おれは窓に頭をもたせ掛けた。

どうしよう。

これから四日間も一人で行動しなければならないと思うと、たまらなく心細い。「おれがマミに東京を案内してやる」ぐらいに思っていたのに、今になって東京がとてつもなくでかくて恐い所に思えてきた。

旅をとりやめるなら、次の松山インターの停留所が最後のチャンスだ。でも、「彼女にフラれた上に心細くなって旅行もキャンセルしました」じゃ、まるっきり負け犬だよなあ。

ポケットの中でケータイが振動した。めずらしく、林からの電話だった。

『あ、もうバス出てしもた？』

弾んだ声。

旅の始まりを控えた相手の高揚感が、電話越しにもはっきりと伝わってきた。

「うん。もうすぐ高速に乗るとこ」

手で口元を覆い、おれは小声で答えた。

『あー、やっぱり間に合わんかったか。俺いま家におるんやけど、どうも、ロッテリアから小谷のマフラー持ってきてしもたみたいなんよ。よう似とったけん気づかんかったんやけど、自分のはバッグに入っとった。ごめん』

「いいよ、そんなの。ていうか、おれが席に忘れてきたみたいだし」

『なんか、声沈んどるな』

電車のこと以外には興味を示さないオタクにさえ悟られるほど、おれは気落ちしているらしい。

「べつに？　バスの中だから声落としてるだけ」

『ああほうか。やけど夜行バスで一人旅なんて、小谷はすごいよな。東京にも詳しいし』

皮肉を言っているつもりはないのだろうが、林のあまりの間の悪さに、おれはつい笑い声を漏らしてしまった。

『何か俺、おかしなこと言うた？』

「いや」

『あ、東京いうたら、銀座やっけ？　ブランドの店がいっぱいあるっていう所』

唐突に、林はおかしなことを言いだした。

「うん。それが？」

『いや、あのあと山本が「並木通りって、五番街に近い感じなのかな」って言うとったんやけど、松山に五番街なんて場所、ないよな。一番町とか二番町やったらあるけど。どこにあるか知っとる？　五番街』

思いつくのは、東京よりもさらにでかいあの都市だ。

「ニューヨーク」

『ああ、なるほど！』

突然の大声にたじろぎながら、おれは「何が『なるほど』なんだ？」と尋ねた。

『あ、知らん？　山本って帰国子女で、生まれてから十三年間、ずっとニューヨークに住んどったんやけど』

「うそっ」

『嘘やない。じゃけんあいつ、英語の成績はいつもトップやろ』

「知らんかった。ただいっぱい勉強しとるだけかと思っとった」

そうか。だから聡子先生は、「山本くんが一緒やったら、この世の果てでも行かないかぎりコミュニケーションの心配はないか」なんて言ってたわけか。そしておれはといえば、世界に冠たるメトロポリスで生まれ育った人間に向かって「こんなちっちゃい町に満足するな」なんて説教していたわけか。うわあ、ちっちゃいのはこっちじゃん。

恥ずかしい。つくづくおれは、何も知らないんだな。林たち三人組の意外な行動力も、マミがおれをどう思っていたかも、まったくわかっていなかった。それから、聡子先生が抱いているはずの、町から出て行く仲間を見送る寂しさも。

それなのにおれときたら、自分自身が東京になったかのような根拠のない優越感にひたり、地方に暮らす周りの人間を哀れみ、嗤《わら》ってさえいた。すっげーバカ。

生まれ育った土地に居場所があるのって、けっこう素敵なことやと思うよ

先生の、ほのかに悲しげな笑顔が目に浮かんだ。

この町に、おれの居場所ってあるのだろうか。

「林はさ」

『ん?』

「たとえば十年後も、山本とか渡辺と一緒にメシ食ったり遊んだりしとんかな」

『十年後? さあ。三人ともこの町に残っとるとはかぎらんし、そんな先のことはわからんわ。やけど——』と林は続けた。『年に一回か二回しか会えん関係になったとしても、気が合う友達でおることに変わりはないんやないん?』

「ああ、そうなんやろうな」

こいつにはもう、居場所があるみたいだ。

『あ、そうや。このマフラー、どうしようか』

林がそう尋ねてきたときには、バスはインターチェンジの手前の乗り場に到着していた。降りるなら今だけど、どうしようか。

「いや、そのままでええわ」

それが、おれの出した答えだった。そうだ、このまま東京まで乗っていってしまおう。

心細いし情けないしかっこ悪いけど、引き返すには威勢のいい啖呵《たんか》を切りすぎた。

『そしたらマフラー、預かっとくわ。学校始まったら持ってくけん』

「うん。悪い」

停まっていたバスが発車した。

『ほしたら、気をつけて』

「そっちも」

最後にそう言葉を交わし、おれたちは通話を切った。

料金所を通過したバスは大きく弧を描きながらランプを走り、一気に加速して高速道路に合流した。

太く重いエンジン音を轟《とどろ》かせ、〈ドリーム高松・松山号〉は東京を目指して夜の中を走る。

パンツの染みが冷えてきた。

カーテンを閉じようと体を起こしたおれは、最後にもう一度車窓の景色に目を凝らした。大きな窓の外には真っ暗な夜空が広がっていたが、斜め後方に一箇所、白くやわらかな光が広がっているのが見えた。

松山の町だった。

真っ白にライトアップされた松山城と、髙島屋の屋上の「くるりん」が見える。赤や緑、グラデーションや風車形と、次々に色や模様を変える観覧車を中心に、夜空がふんわりと発光している。
あの光の中に林や山本や渡辺はいて、それぞれの家で旅行の準備を整えているのだろう。おれの元カノになりたてホヤホヤのマミも、光の中のどこかにいる。息子がどんなことになっているか知る由もない両親も、十年来の親友たちと飲んだくれているはずの聡子先生もいる。

おーい、みんな。おれのこと、連れ戻しに来てもえぇんぞ

そんなことを口の中で呟《つぶや》き、おれは光が見えなくなるまで窓の外を見つめていた。

僕の愉しみ　彼女のたしなみ

正確《せいかく》にいうと、プテラノドンは恐竜《きょうりゅう》とはちがう種類《しゅるい》の生《い》き物《もの》なんだ。翼竜《よくりゅう》といって、空飛《そらと》ぶは虫類《ちゅうるい》の仲間《なかま》なんだよ。

小さい文字でもいいから、そんなふうに断りを入れればいいじゃないか。黛《まゆずみ》さんの頭の向こうでエアコンの風に揺れている〈史上最大の恐竜博〉の中吊《なかづ》り広告を見上げながら、僕は心の奥でひっそりと憤っていた。

内回りの山手線。一年でいちばん昼の長い時期ではあるけれど、さすがに七時を過ぎれば窓の外は暗い。

会社帰りのサラリーマンやＯＬが大半を占める車内は、高校生にはなんとなく肩身が狭く感じられる。だからというわけでもないけれど、僕たちの声は自然と小さくなっていた。

「すごい気の長さだよね。紙に描いた顔とか腕をひとコマずつ動かしていってアニメを作るなんて、ふつう思いついても実行には移さないでしょ。本当に細かいところまで律儀に動いてたし」

吊《つ》り革をきゅっと握りしめた黛さんは、縮こまった、それでいて感じ入ったような声でそう言った。横顔にほわんとした笑みが浮かんでいるのを見ると、僕の意識はプテラノドンから黛さんにたちまち引き戻されてしまった。

彼女はおもしろかったと言っているけど、本当に気に入ってくれたのか、それともこちらに気を遣っているだけなのか、そこがいまひとつはっきりしないのは不安だ。なにせ誘った僕自身、映画の中身が期待したものとはちがっていたことに戸惑っているくらいなのだ。

「いちばん好きな宮崎《みやざき》アニメは？」というような会話をしたのは、先週の帰りの車内でのことだ。わりとよくある話題ではあるけれど話は期待以上に盛り上がり、家に戻った僕は翌日以降の会話のネタを拾おうと、インターネットで宮崎駿《はやお》にまつわるエピソードをあれこれと調べた。そして見つけたのが、高校からそう遠くない池袋で上映中の「ユーリ・ノルシュテイン特集」だった。

先週のうちに誘うつもりだったのだが、断られたらどうしようと迷っているうちに週が明けてしまった。火曜から金曜はひどくあわただしく下校することが多い彼女を誘えるとすれば、月曜の今日しかない。

「ちょっと調べたら、宮崎駿も影響を受けたロシア人アニメ作家の映画っていうのを池袋のミニシアターでやってるんだけど、今週いっぱいで終わっちゃうんだよね。で、もしよかったら、今日あたり行ってみる？」

教室移動のあわただしさの中、僕はそれに輪をかけたあわただしさで黛さんに声をかけた。女の子をデートに誘うのは十七年の人生で初の体験で、恥ずかしいことに口の中はカラカラで、額には大汗をかいていた。

「あ、行きたい」

拍子抜けするほど簡単に彼女が誘いに乗ってくれたおかげで、僕は幸いにも初デート、というかデートらしきものを彼女とすることができた。なぜはっきりデートと言いきれないかというと、ただ映画館に入って、ただ映画を観て、ただ映画館から出てきただけだからだ。見つめあってウフフと微笑みあうようなひとときなどまったくなく、あれでは男の友達と遊びに行くのとたいして変わらない。

果たしてこれでよかったのだろうか。彼女は満足してくれただろうか。入場料は誘ったこちらが払うべきだったのだろうか。『カリオストロの城』みたいな冒険活劇を期待して行ったらハリネズミの子の静かで幻想的なお話でした、という顚末《てんまつ》に失望していないだろうか。映画が終わったのは七時だったのだから、ハンバーガーくらいの食事なら誘ってもよかったのだろうか。振り返れば、反省点ばかりが目についてしまう。

だがそれでも、僕にとって大きな前進であることに変わりはない。なにせ、黛さんと二人きりで映画を観てきたのだ。去年は行き帰りの電車の中で見かけても、ろくに声もかけられなかったのに。

僕たちの通う高校には、中等科からエスカレーター方式で上がってくる生徒が三分の

二、入学試験を受けてよその中学校からやってくる外部生が三分の一ばかりいる。僕と彼女は二人とも、三分の一の方だった。

帰宅方向が同じ女子生徒がいることは、入学してほどなく気づいた。それが黛さんだった。

詳しい場所までは知らないが、彼女の家は東急東横線の新丸子にある。高校の最寄り駅である目白からだと、山手線で渋谷まで行き、そこから東横線に乗り換えて十七、八分だ。そして僕の家はというと、その新丸子から五つ手前の学芸大学にある。

一年生だった去年は、クラスがちがうこともあって黛さんと交流らしい交流はまったくなかった。せいぜいが、学食や廊下で「あ、どこかで見た顔だ」というような表情を二、三度されたくらいだ。しかし今年は、運のいいことに同じクラスになれた。そのこと自体はたいへん結構なのだが、学習進度の差から一年次は別コースに分けられていた内部生と外部生が混在する編成になったため、ただでさえ少数派の外部生はいよいよ心細い状況に置かれてしまった。なにせクラスの大半は中学からの顔見知り同士で、彼ら内部生は僕たちが入学するずっと前から自分たちの世界というものを築いてきたのだ。そんな環境に、一週間やそこらで溶け込めるはずがない。

だから早い話が、僕たちが接近した理由のひとつは心細さだった。

「家、東横線の方だよね？」

教室の中で僕が彼女にかけた第一声は、たしかそんなようなものだった。

「あ、やっぱりそうだよね？　ときどき見かけるよね」

そう返してくれた彼女の言葉は、はっきりと覚えている。

お互い名前もろくに知らなかったけれど、自宅が同じ方面にある外部生という共通点は、それだけで親しみを覚える材料になった。ただ正直にいえば、僕は同じクラスになる前から黛さんにはちょっと興味を抱いていた。男子の間で噂になるような美人ではないし、頬に散ったにきびが少し目立つけれど、それでもいつも五月の風に吹かれているような心地よさげな顔つきには、東横線の車内で盗み見るたびにそわそわさせられたものだ。

電車が新宿駅に到着すると、僕たちは乗り降りする人の流れに乗ってドア横のスペースに場所をとった。黛さんが、僕の視線を追って中吊り広告を見上げる。

「なに見てるの？　あ、恐竜クイズ？」

「ん、いや、べつに、そんなじっくり見てたわけじゃないけど……」

ワイシャツの下でどっと汗が噴き出す。

〈史上最大の恐竜博〉の広告には、左半分を使ってイラスト入りの子供向けクイズが載っている。駅を出発した電車の加速音の中、黛さんが問題を小声で読み上げた。

「『アルゼンチノサウルスの頭から尻尾《しっぽ》の先までの長さは？　①自家用車2台分　②観光バス2台分　③山手線の車輛《しゃりょう》2台分』——。そう尋ねられたってわかんないよね」
③だ。正解は③。

体長約40メートル。これまで発見された中では最大の陸上生物。生息年代は白亜紀後期。

このくらいは即答できるけど、あえてしない。いい歳して恐竜オタクだということがバレたら、彼女にどう思われるかわかったもんじゃない。

それはともかく、僕が納得できないのはその次の「Q2」だ。プテラノドンの食性についての問題なのだけど、翼竜と恐竜が別の種だという断り書きがないのが気に入らない。もちろん、よく知られた名前を使って子供に関心を持たせようという狙いはわかる。でも、この広告を見た子供はプテラノドンのことを恐竜だと思ってしまうじゃないか。子供向けだからこそ、そこはちゃんと説明しないと。

「片岡《かたおか》くんは、恐竜とか好き？」

黛さんに訊《き》かれ、僕は反射的に「まさか」と答えてしまった。「いや、子供の頃はそれなりに好きだったよ。こういうイベントにも親がたまに連れてってくれたし。でもさすがにもう、ねえ。恐竜の名前なんて、もう三個か四個くらいしか憶《おぼ》えてないし。ただほら、ちょっと懐かしいなと思って」

ごめん、黛さん。今でも恐竜大好きです。でもそれを打ち明けるのは、ちょっとこわい。

中二の秋だから、もう三年近くも前になるのか。そのころ、僕には彼女がいた。いや、あれが彼女と呼べたかというと、かなりあやしい。なにせキスどころか、手も繋《つな》がないうちにフラれてしまったからだ。交際期間わずか二週間。じつに短い恋だった。

誰だって、好きな人と好きなものを共有したいという欲求は持っているだろう。音楽だったり映画だったり、自分の好みを相手に勧めて理解を深め合いたいと思うのは自然なことだ。僕の場合、それがたまたま恐竜だっただけだ。

いや、いま思えば僕も悪かった。生まれて初めて交際相手ができたことに浮かれていたのだろう。大きくて強くて怖い恐竜の魅力を少しでもわかってもらおうと、僕は隙あらば彼女に恐竜の話ばかりしていた。なにせ、「ディズニーランドに行きたい」という彼女に「あそこにあるウエスタンリバー鉄道は最後に作り物の恐竜が出てくるけど、いいかげん作り直すべきだと思うんだ。あんなコブラみたいに鎌首をもたげてる竜脚《りゅうきゃく》類なんて、いまどきどんな本にも載ってないよ」などと答えていたくらいだ。フラれて当然かもしれない。

たかが二週間の付き合いだったからか、失恋そのものから受けた心の傷はたいして深くはなかった。ただ、僕は見てしまったのだ。彼女が周囲に「あいつ、恐竜オタクでキモくてさー」と言いふらすのを。

その日を境に、僕が人前で恐竜の話題を持ち出すことはなくなった。人と接することに慎重になり、『ウォーキングｗｉｔｈダイナソー』や『ジュラシック・パーク』などのＤＶＤは、友達を家に招いて見るものから一人でこっそり愉《たの》しむものになった。今度の〈史上最大の恐竜博〉もすでに前売り券を買ってあるけれど、もちろん一人で行くつもりだ。

もしも高校に地学部か生物部でもあったなら、状況はちがっていたのだろう。同じ趣味の仲間さえいれば、恐竜オタクであることもあっけらかんと認めてしまえたはずだ。だが、僕たちの高校には地学部も生物部もなかった。

「『40メートルのド迫力』だって。すごいね」黛さんは好奇心をそそられているようで、広告の右半分にでかでかと描かれたアルゼンチノサウルスの巨体をずっと眺めている。

「七月四日というと、今週から始まるのか。でも期末テストもあるし、幕張《まくはり》メッセはちょっと遠いかな。渋谷からでも一時間くらいかかるもんね」

彼女は眉尻《まゆじり》を下げ、少しばかり残念そうな顔をしてみせた。今のは、僕への誘いかけだったのだろうか。いや、「期末テスト」「遠い」とネガティブな言葉を二つも並べたということは、「もう誘うなよ」という間接的なメッセージか。どちらにせよ、本格的に女の子と付き合ったことのない僕には確信が持てない。

判断に迷っているうちに、電車は乗り換え駅の渋谷に着いてしまった。人の波に呑まれるようにホームに降りる。ふと見ると、階段の手前にある時計の針が七時半を回っていた。

「こんな時間になっちゃったけど、ほんとに大丈夫？」

そう尋ねると、黛さんはまたほわんと微笑んだ。

「うん。今日は月曜だから、遅くなっても平気だし」

不思議な人だ。僕たちの高校には七時間授業の日が週に三日あるのだが、そういう日などはホームルームが終わるや否や教室から消えてしまっていることが多い。そうかと思えばいつまでも学校に居残って友達と喋《しゃべ》っていたりもする。「塾かバイトでもあるの?」と以前尋ねてみたことがあるけれど、あまり触れてほしくない話題なのか、彼女は「ううん」と笑うだけではっきりと答えてはくれなかった。

なぜあわてて帰る日があるのか、そしてなぜ月曜日は時間を気にしなくていいのか、できれば理由を知りたいけれど、僕はいまのところ訊けずにいる。もしも背景に複雑な家庭の事情か何かがあったとしたら、これから先どう声をかけていいかわからなくなってしまいそうだ。

東横線のホームでは、赤いラインの入った電車がまもなく出発するところだった。混みあう車内にげんなりしながら体を押し込む。

お互い、おもしろい話題が湯水のようにあふれ出てくるタイプではないので、一度会話が途切れてしまうとなかなか次が続かない。居心地の悪い沈黙の中で発車メロディが鳴り止み、ドアが閉まった。ここから学芸大学駅までは十分もかからない。

どう話しかければいいのだろう。「今日は楽しかったね」? 相手がそう思ってなかったらどうする。「ときどき早く帰るけど、家で何してるの?」? それじゃストーカーだ。

迷う僕と黙りこくる黛さんを乗せ、電車はみるみる加速していく。

意識すればするほど、口は重くなっていく。だけど、このまま黙って別れるのは気まずい。せっかくデートらしきものにまで漕《こ》ぎつけたのに、黙っていたら今後に繋がらないじゃないか。

いい方に考えるんだ。次のデートに誘うなら、映画の余韻が多少なりとも残っている今しかない。黛さんが黙っているのは僕からの誘いを待っているからだという可能性だって、少しはあるじゃないか。でも、どこへ行けばいい？

答えを出せないでいるうちにも電車は着々と進み、気づけば中目黒駅を出発していた。学芸大学はたったの二つ先だ。どうしよう、時間がない。

「じゃあ、行こう」

だしぬけに、僕は口走った。なにが「じゃあ」だ。

「どこへ？」

至極当然な質問が返ってくる。だが話しかけてしまった以上、もうあと戻りはできない。

「だから、恐竜。史上最大。幕張。いや、無理だったらしょうがないけど、もしよかったら、テスト明けにでも。ほら、40メートルだし……」

史上最大の、不恰好《ぶかっこう》なデートの誘いだった。

いったいこの男は何を口走っているのだろうといった表情で僕の顔をまじまじと見つめていた黛さんは、はにかみながら、それでも少しうれしそうに頷《うなず》いてくれた。

「そうだね。ちょっと遠いけど、行ってみようか」

この、史上最大の幸せ者め！

心の中で何度も飛び跳ねると同時に、僕は不安も抱いていた。

化石を前にして、オタクの本性が現れなければいいのだけれど。

＊

海浜幕張《かいひんまくはり》の駅を下りると、南風に乗って潮の香りが漂ってきた。

そう、この街は海に近い。ただそのわりには、暑い。コンクリートとガラス、それに申し訳程度の街路樹でできた人工都市は、昼下がりの陽射しを鏡のように反射させるばかりで熱をほとんど吸収しない。しかも予報では、今日の最高気温は三十六度。

「暑いねえ」

ファスナー付きのトートバッグを肩に掛けた黛さんが、手で首もとに風を送っている。

黒地のTシャツの上に緑系統の半袖《はんそで》シャツを羽織り、下は七分丈のパンツとスニーカー。制服姿以外の彼女を見るのはこれが初めてだけど、普段のおっとりしたイメージとは結びつかない活動的なスタイルは、よくいえば新鮮、有《あ》り体《てい》にいえばあまり似合っていなかった。とくにTシャツの黒は、どうなんだろう。いや、「会場がけっこう広いみたいだから、歩きやすい恰好《かっこう》の方がいいかも」と事前にアドバイスしたのは僕なのだから、彼女のコーディネートに注文をつけるのは筋がちがうか。

駅から点々と続く人の流れは、すぐに二手に分かれた。一方が、僕たちと同じく幕張メッセを目指す家族連れやカップル。もう一方はどうやら、千葉マリンスタジアムに向から野球ファンのようだ。この炎天下に席を求めてゲート前にひたすら並ぶのかと思うと、こちらまで眩暈《めまい》がしてくる。〈史上最大の恐竜博〉が屋内イベントで、本当によかった。

ペデストリアンデッキを西へしばらく進むと、正面に幕張メッセの巨大な展示場が見えてきた。幸いなことに、入場待ちの行列はできていない。七月最後の木曜日。夏休み中とはいえ平日のせいか、人出は想像したほどではないようだ。

ロビーの中は別天地のような涼しさで、汗がすっと退《ひ》いていく。チケットブースの短い列に並ぼうとする僕を、黛さんが呼び止めた。

「ちょっと待ってて。荷物預けてくるから」

小走りでコインロッカーに向かう背中を見ながら、僕はこっそり首を傾げた。学芸大学駅のホームで落ち合ったときからずっと気になっていたのだが、あの大きなトートバッグの中には何が入っているのだろう。ピクニックではないのだから弁当やレジャーシートなどを持ってくるはずはないし、カメラか何かを入れてきた様子もない。それでもあれほどの大荷物になるんだから、女の子って大変だ。

花柄のかわいらしいポシェットをたすき掛けにして戻ってきた黛さんと、ブースで当日券を買う。本当は前売り券を一枚だけ持っているのだけど、そんなに用意がいいと開催前から楽しみにしていたんじゃないかと怪しまれかねないし、この場で彼女だけにチケットを買わせるのは恰好がつかない。

気の回しすぎかもしれないけれど、何事も用心するに越したことはないだろう。だから今日はカメラを持ってくるのは我慢したし、相手が出した「十二時半に学芸大学のホームで待ち合わせ」という提案も呑んだ。本音をいえば入場者の少ない朝一番に来たかったのだが、オタクな愉《たの》しみは今度一人で来るときまでとっておこう。なにせ今日のコンセプトは、「子供の頃は人並みに恐竜が好きで、今日は懐かしさも手伝ってここにやってきた、名前を挙げられる恐竜は三つか四つくらいしかない十七歳」なのだ。

数組の家族連れに続いて入場ゲートを通り、フロアに下りる長いエスカレーターに乗る。モニター映像のものだろう、薄暗い場内から恐竜の咆哮《ほうこう》が聞こえてくると、どうしようもなく血が騒いできた。平静を装おうとするあまり、口の端が小刻みに震えてしまう。

こういう恐竜イベントは夏になると毎年のように開催されるものだけど、今回は例年になく大掛かりなもので、フロア面積、展示数、標本の学術的価値、どれをとってもまさしく〈史上最大の恐竜博〉だった。ついでにいうと入場料も例年よりおよそ二割増しで、客が払わされる額という点でも最大だ。

展示の目玉は全長40メートルにも及ぶ超大型竜脚類・アルゼンチノサウルスの復元骨

格だけど、もちろんそれだけじゃない。中国の遼寧省《りようねい》で去年新たに発見された、まだ学名もない中型の羽毛恐竜。日本初公開の、ドラコレックスの頭骨の実物化石と生態復元模型。カナダの採掘現場からそっくり切り取ってきた、化石をたっぷり蓄えた骨化石含有層《ボーンベツド》。そのほかにも、僕が大好きなデルタドロメウスやユタラプトルなどの複製骨格が多数「来日」している。壮観な光景を想像しただけで気持ちが逸《はや》るが、黛さんと一緒なのだからここはぐっと堪《こら》えねば。

　エスカレーターを降りたところで、イベントスタッフから「エリアMAP」という紙を手渡された。それを見ると、フロアは大きく八つに区分けされていて、順路に従って歩けば展示を体系的に見て回れる仕組みになっているようだ。最近の恐竜展はほとんどこういった構成だけど、エリアが八つもあるというのはめずらしい。さすが、ただでさえ広い展示ホールを三つぶち抜きで使っているだけのことはある。

　最初のエリアは、〈繁栄前夜と、黎明期《れいめい》の恐竜たち〉だ。まずは入ってすぐのモニターで展示内容を予習して、と思ったそばから黛さんがショーケースの方に歩いていってしまう。

「『エダフォサウルス』だって。変わった形の恐竜だね」

　黛さんは僕にそう話しかけながら、鼠色の骨格標本と背中の帆が鮮やかに彩色されたイラストを見比べた。エダフォサウルスは恐竜ではなくてむしろ哺乳《ほにゆう》類に近い生物なのだけど、注釈は加えないでおこう。なぜなら今日の僕は「名前を挙げられる恐竜は三つか四つくらいしかない十七歳」なのだ。それに、「無駄に大きな衝立《ついたて》を背負ったオオトカゲ」といった外観を見て彼女が恐竜だと早とちりしたとしても、とりたてて恥ずかしいことではない。いや、エダフォサウルスと恐竜は別物なのだから、やっぱりさりげなく指摘しておくべきか？

迷う僕をよそに、彼女が続ける。

「こんなに大きな鰭《ひれ》が背中にあって、狭い所通るとき邪魔じゃなかったのかな？　倒木の下なんか通ろうとしたら折れちゃうよね」

そういう発想は、僕にはなかった。背中から無数に伸びた棘突起《きょくとつき》の役割とか収斂《しゅうれん》進化の不思議さについてはよく考えるけど、なるほど、日常生活を送る上ではひどく邪魔になりそうだ。

その点を踏まえてもう一度じっくりと標本を見ようと思ったら、黛さんの興味は早くも次の展示に移ってしまった。ソテツ類などの植物化石、初期の哺乳類、華奢《きゃしゃ》なエオラプトルと、次々に見て回る。一人のときと比べると、倍も速いペースだ。

駆け足ながらひととおり見ることは見た僕たちは、岩石を模したアーチをくぐって二つめのエリア、〈大陸移動　ローラシアとゴンドワナ〉に入った。

このエリアはとくに興味深い。僕が子供の頃は、恐竜展などでは「ジュラ紀中期ごろから超大陸パンゲアがローラシアとゴンドワナの二つに分裂し、それぞれの大陸の恐竜たちは異なる特徴を身につけていった」というような説明がなされていた。ところがその後発掘と研究が進んだ結果、行き来がなくなったはずの二つの大陸の恐竜たちに次々と共通点が見つかったのだ。つまり、二つの大陸はパカッと割れたあと後ろも振り返らずどんどん遠ざかっていったわけではなく――、などと考えているうちに、黛さんは後ろも振り返らずどんどん進んでいってしまう。僕はあわてて彼女を追いかけた。

「これ、怖い顔してるね。ラジャサウルス？『王のトカゲ』だって」黛さんがスポットライトの当たった解説文に目を通す。「あ、この恐竜、インドで見つかったんだって。ということは、ラジャはマハラジャのラジャなのかな？」

正解。

ティラノサウルスに比べればだいぶ小ぶりな、それでも見上げるほど大きな獣脚《じゅうきゃく》類の骨格を見つめながら、黛さんは「怖い」「大きい」を連発している。

「あ、そっちにも似たようなのがいる。えーと、カルノタウルス。意味は『肉食の牛』か。そういえばギリシャ神話だっけ？　に出てくるミノタウルスって、頭が牛で体が人だよね。じゃあ『タウルス』って『牛』っていう意味なのかな。だったら、『カルノ』が『肉食』？」

「ああ、そうなのかもね」

ギリシャ神話はよく知らないので、曖昧《あいまい》に相槌《あいづち》を打つ。

黛さんは、恐竜そのものよりも言葉の成り立ちの方に興味があるのかもしれない。カルノタウルスの特徴は、名前の由来にもなった両目の上の太い角とひどく小さな前肢なのだけど、そこには目が行かないみたいだ。そこをこそ見てほしいのに。

気づけば、なんだか気遣わしげな目で黛さんが僕を見ていた。

「え、なに？」

「ううん、なんでもない」

黛さんはそっと微笑み、次の展示に向かった。ペースが速すぎる。いや、そうじゃない。彼女が進む速度は、ほかの入場者たちと変わらない。つまり、僕が遅すぎるのだ。

そうか、世間の人にとってはこれが普通のペースなのか。考えてみれば、このくらい快調に人が流れてくれないと、二ヵ月半の会期で百数十万人も動員するのは不可能だろう。みんながみんな僕みたいなタイプだったら、平日でも入場待ちの長い列ができてしまいそうだ。

そんなことを考えながら、エリア3の〈襲う者と守る者　それぞれの進化〉に入った。前のエリアはあっさりと通過してしまったけど、ここはもう少しペースを落として見たい。なにせ、僕の中のスター恐竜であるデルタドロメウスとユタラプトルが揃い踏《ぶ》みしているのだ。こんな贅沢《ぜいたく》な展示はめったに見られるものではない。

ユタラプトルはやはり、想像どおりの禍々《まがまが》しさを身に纏《まと》って僕を待ち受けていた。巨大なのに敏捷《びんしょう》そうな体のつくり。鋭く湾曲した前肢と後肢の大きな鉤爪《かぎづめ》。とくに復元骨格の手前、ケースの中に収められている後肢の実物化石は末節骨の長さが大ぶりの鎌ほどもあって、どんなに硬い皮膚でも簡単に切り裂いてしまいそうに見える。

「ラプトルって、あれでしょ？　『ジュラシック・パーク』に出てきたヴェロキラプトル。あれの仲間じゃない？」

頭上の大型ビジョンの中で咆哮するラプトルに負けまいと、黛さんは僕の耳元で声を張った。

「ああ、うん、たぶんそうかな。なんとなく形も似てる気がするし」

僕も大きな声を出し、まともな一般人を装った返答をしてみせた。それにしても、スピーカーの音が大きい。このエリア担当のイベントスタッフは、会期終了の頃には難聴になっているにちがいない。展示の前で記念撮影だけしてさっさと行ってしまう家族連れならともかく、じっくり見たい入場者にとってはこの音量は騒々しすぎる。今度ここに来るときは、耳栓を忘れずに持ってこよう。

ユタラプトルの睨《にら》む先に、デルタドロメウスはいた。日本初公開のこの新しい復元骨格は「三角州の疾走者」の名にふさわしく、尾椎《びつい》をしならせた低い前傾姿勢で再現されている。長い後肢の片方を跳ね上げたポージングは、まるで全力で獲物を追いかけている瞬間を切り取ったようだ。痺《しび》れるほどかっこいい。

体長約8メートル。ドロマエオサウルス科の中では最大級のユタラプトルよりも、さらにひと回り大きい。生息地域がちがうから単純に比較できるものではないけれど、もしもこの二頭が戦ったら勝つのはどっちだろう。やっぱり生息年代があとのデルタの方が進化しているはずだから、デルタだろうか。でもユタの方が体のつくりはがっしりしているし、とくに後肢の鉤爪はこれまで地球に生息した陸上生物の中でも最強クラスの武器だっただろう。それでも体格面で勝っているのはデルタの方だし……。

頭の中で戦いのパターンをシミュレートしていると、ふと背後に気配を感じた。振り向くと、セルフレームの大きな眼鏡を掛けた男性が立っていた。高そうな一眼レフのレンズを、僕の肩越しにデルタドロメウスに向けている。

こちらがそっと横にずれると、その人は「あ、すいません」と小さく頭を下げた。そして猛然と、まさに「猛然と」といった勢いで、デルタドロメウスの長い後肢を前から横から後ろからと何枚も写真に収めた。大きなお尻《しり》を突き出して恐竜の脛骨《けいこつ》を狙う姿は、感心するほどかっこ悪い。きっと、僕と同じく恐竜オタクなのだろう、かっこ悪くはあるけれど、注目すべきポイントはしっかり把握している様子だった。

ひとしきり撮影を終えると、男の人は柵《さく》伝いに恐竜の周囲を歩き回り、様々な角度から「三角州の疾走者」を見つめはじめた。歳は四十前後だろうか。突き出たおなかの前には黒ずんだウエストポーチが留められており、足元ではスニーカーの反射材がぼんやりと光っている。若い家族連れやカップルが多い会場にあって、夢中になって骨格を凝視する姿は周囲からかなり浮いていた。

毎年一人で恐竜展を観に来ていた僕も、ほかの人たちからはきっとあんなふうに見えていたのだろう。そう思うとすごく恥ずかしい。でも、ちょっと話してもみたい。僕の倍以上の年恰好《かっこう》の人だけど、気は合いそうだ。

「あ、あそこにステゴサウルスがいるよ」

黛さんの声で、僕はふと我に返った。そうだ、今はデート中なのだ。名も知らぬ同志にシンパシーを抱いている場合ではない。

できればもっとじっくりデルタドロメウスを見たかったけど、仕方がない。僕は後ろ髪を引かれる思いで黛さんのあとに従い、マイクロバス大の剣竜《けんりゅう》のそばまで近づいた。

「あれ？『トゥオジャンゴサウルス』って書いてある」解説文を読んだ黛さんは、こちらに顔を向けた。「どうちがうんだろ。同じに見えるよね？」

「そうだね。よく似てるよね」

背中の骨板の形と、並び方がちがう。

ステゴサウルスの背中の板はもっと幅が広く、このトゥオジャンゴサウルスのような左右対称ではなくて、背骨に沿って互いちがいに並んでいる。

ああ、解説したい！　自分の持っている知識を片っ端から披露したい。でも、喋《しゃべ》りだしたら止まらなくなってしまいそうだ。ここはなんとか堪えて、不用意な失点を避けよう。男が機関銃のように喋りまくるデートなんて、女の子には楽しいはずがない。

そういえば、僕とは対照的に今日の黛さんはいやに陽気だ。いつもはわりと物静かなのに、今日は人が変わったようにお喋りになっている。ただ、恐竜博が楽しくて自然と口数が増えているという感じではなく、意識して言葉数を増やしているように聞こえてしまうのはどうしてだろう。

「黛さん」

「ん？」

声をかけたはいいが、どう尋ねたらいいかわからない。

「いや、あー、足、疲れてない？」

切り出し方に迷い、話題を逸《そ》らしてしまった。

「え、なに？」

彼女は小さな耳に手を当てた。

CGのユタラプトルがわめき散らすビジョンを同時に見上げ、僕たちは次のエリアに続くなだらかなスロープを上った。

鳴き声が遠ざかったところで、「足、疲れてない？」と同じ質問を繰り返す。

「ううん、ぜんぜん平気。片岡くんに言われたとおりスニーカー履いてきてよかった」

「ならよかった」

「あ、いま何時？　ケータイ、バッグごとコインロッカーに入れてきちゃったから、わからなくて」

「えーと、二時四十分」携帯電話で時刻を確認してから、僕は気がかりなことを尋ねた。

「今日、門限は？」

「門限？」

「ほら、よく大急ぎで学校から帰ってるから」

「ああ、それなら今日は大丈夫」短く答えてから、黛さんは逆に尋ねてきた。「片岡くんは？」

「おれ？　とくに用はないけど」

「ふーん。そうなんだ」

なぜか避けるように視線を逸らし、黛さんはスロープの足元に目を落とした。いま何か、まずいことを言っただろうか。発言には気をつけよう。

スロープの踊り場に設けられた次のエリアは、面積のほとんどを巨大なボーンベッドが占めていた。バレーボールのコートほどもある分厚い岩と化石の塊を、入場者が四方から見下ろせる恰好《かっこう》になっている。

解説によると、この岩盤の中には少なくとも三頭のセントロサウルスが眠っているらしい。途中まで掘り進められた化石の中には、太い胴椎や大腿骨《だいたいこつ》のほかに特徴的な角とフリルを持った頭骨もあった。土色に染まったそれは、発掘現場の埃《ほこり》っぽい空気をたっぷりと醸し出している。

手すりにもたれ、黛さんが複雑な形をした頭骨を指差す。

「トリケラトプスに似てない？　あれよりちょっと地味な感じだけど」

「うん。よく似てるね。同じ仲間なのかな」

同じ仲間だ。

「こんなに大きな岩の塊、どうやって日本まで運んできたんだろうね」

「さあ。飛行機には載らなそうだから、船かな」

船だ。

会話が膨らまない。解説ならいくらでもできるけど、会話と解説はちがうものだろう。いったい、とくに恐竜に興味もなさそうなのにここに来ているカップルたちは、どんな話をして間を持たせているのだろう。そんなこともわからない僕は、もう少し女の子との接し方というものを勉強してから彼女をここに誘うべきだったのかもしれない。

焦りを押し隠し、「土まみれだね」などと当たり障りのない感想を述べながらボーンベッドをあとにする。

スロープをさらに上っていくと、入り口からずっとエリアを囲っていた高い仕切りが途切れ、広々とした空間に出た。顔を上げた僕たちの視線の先、二メートルほどの高さの見晴らし台に横腹を見せる形で、アルゼンチノサウルスの威容が聳《そび》えていた。

「うわ」

と呟《つぶや》いたきり、黛さんは見晴らし台の上でしばらく黙ってしまった。

でかい。「でかい」としか表現のしようのない全身骨格だった。貨物コンテナほどもある胴体の前後から、長い長い頸《くび》と長い長い尾をほぼ水平に伸ばしている。

大型の竜脚類なら、僕はこれまでにこの会場で何度か見てきた。スーパーサウルスも、のちに名前の扱いが学名から愛称に変わったセイスモサウルスも、たしかに目を見張るほど大きかった。でも、これは格がちがう。

柵の周りには何人いるのだろう。ざっと見て千人くらいか。けっこうな人数のはずなのに、中心に立つ存在が大きすぎてまばらにしか見えない。

アルゼンチノサウルスの足で十歩ほど先にある場所にも、同じ竜脚類の全身骨格が何体か並んでいる。「エリアMAP」によると、そのうちのひとつはサルタサウルスのようだ。背中に装甲板のような骨の塊を背負ったこの恐竜だって、アフリカゾウなどよりは確実に大きい。しかし、アルゼンチノサウルスと比べるとまるで子供だった。

僕たちのあとから見晴らし台に上がってきた十歳くらいの男の子が、アルゼンチノサウルスを指差して大きな声を出した。

「うおー、でけー！　首長竜だ」

ちがうよ。たしかに首が長いから混同する人も多いけど、いま君が見ているのは首長竜じゃない。恐竜の中の、竜脚類という種類だ。プレシオサウルスやフタバサウルスといった首長竜は肢《あし》の代わりに鰭《ひれ》の生えた海生爬虫《かいせいはちゅう》類で、恐竜とは別物だしずっと小さいんだよ。

遅れてやってきた父親らしい男性が、男の子の頭を撫《な》でながら言う。

「すごい大きさだなあ、首長竜は」

だーかーらっ！　首長竜じゃないんだってば。いい大人がそんな初歩的な勘違いをして、ちょっとは恥ずかしくないのか。翼竜も首長竜も魚竜も、恐竜と同じ時代を生きた生物ではあるけれど恐竜じゃない。まったく、この国の科学教育はどうなっているんだ。

胸の奥で憤慨していたら、黛さんとまともに目が合ってしまった。鼻血が出ていることに気づかぬ人間を見るような、心配と当惑の入り交じった目で僕を見ている。

きっと僕は、鬼のような形相をしていたはずだ。まずい。

ひきつる顔に笑みらしきものを浮かべて、気さくに話しかける。

「もうちょっと、近くで見てみようか」

「うん」

こころなしか、返事に張りがない。やっぱり今の顔を見られたらしい。とてつもなく大きな失点だ。どうやって挽回《ばんかい》すればいい？

見晴らし台を下り、人ごみを縫うようにしてアルゼンチノサウルスのそばまで近づく。胴体の正面から見る二本の前肢は、まるで柱のようだった。歩速はせいぜい人並みだといわれているけれど、こんな巨大構造物が地響き立てて向こうから歩いてきたら、足がすくんで動けなくなってしまいそうだ。

僕たちの前に立ちはだかるこの骨格は、一九九〇年代に発表された部位のデータと、今世紀に入って新たに発見された上腕骨や肩甲骨、頸椎《けいつい》などのデータを照らし合わせ、今回の恐竜博に合わせて復元された物だ。見つかった化石は二つの研究を合わせてもまだ全骨格の20パーセント程度で、推定をもとに組まれた部分も多い。だからこの先発掘と研究がさらに進めば、全長40メートルという数字は否定されてしまう可能性もある。でも、研究者ばかりでなく恐竜オタクにとっても長年の謎だったこの恐竜の全体像が、それなりに学術的な裏づけのある形でこうして目の前にあるという事実は、やはり感動的だ。

「大きいね」

黛さんが、言葉とは裏腹に小さな声で話しかけてきた。

「大きいね」

余計なことを言うまいと、同じ言葉を返す。

「……帰ろうか」

「えっ？」唐突なひと言に、周囲のざわめきも大型ビジョンの音声もかき消されてしまった。「なんで？　やっぱり門限があるの？」

「ううん、そうじゃないけど」

黛さんは小さくかぶりを振った。

まだ昼下がりといっていい時間帯だし、僕たちはようやく展示の半分を見終えたところだ。どうしていきなり、帰るなんて言いだしたんだろう。

「気分でも悪いの？」

「ううん」

俯《うつむ》くばかりで、黛さんは答えようとはしない。

「おれ、何かまずいこと言っちゃったかな」

「ちがうよ。逆だよ」

「逆？」

僕と目を合わせようとせず、黛さんは口を尖《とが》らせた。

「片岡くん、話しかけても生返事ばっかりで、すごく無口なんだもん。遠いのにここに来たいって私が言ったから、怒ってるんでしょ？」

体がじわりと熱くなる。そんなふうに思われていたなんて、考えてもみなかった。完全な誤解だ。どう弁解すればいいんだ。

「いや、ぜんぜん怒ってないよ。誘ったのおれの方だから、怒るはずがないもん。むしろすごく楽しみにしてたんだから」

「そうは見えないよ。嫌だったら、無理して付き合ってくれなくてもいいよ」

「ちがうんだよ、おれは――」

なんて説明したらいい？　正直に話せば、恐竜オタクだということがバレてしまう。そうかといってこのまま黙っていたら確実に嫌われてしまう。せっかくのデートなのに、どうして僕は黛さんにこんな嫌な思いをさせているのだろう。

視界の隅を、見覚えのある影が所在なげにうろついている。デルタドロメウスの前で写真を撮っていた、恐竜オタクの中年男性だ。

彼の視線につられて天井方向を仰ぎ見ると、ちょうど僕たちの頭の上にアルゼンチノサウルスの頭骨があった。どうやら、それを写真に収めたかったらしい。

数歩ずれて場所を譲ると、男の人は「ああ、またまたすいません」と詫《わ》び、大きなレンズを真上に向けた。初めのうちはしゃがんだり背伸びしたりして撮影していたその人は、手ブレが気になるのか、ついには床に仰向けに寝転がってシャッターを切りはじめてしまった。

自分たちが何を話していたのかも忘れ、僕と黛さんは彼の奇行を呆気《あっけ》にとられて見つめていた。

納得のいくショットが撮れたのか、男の人は満足げな顔で立ち上がった。僕と目が合い、照れくさそうに鼻の頭を掻《か》く。

「いやあ、復元骨格とはいえ下顎骨《かがくこつ》を真下から見るチャンスって、なかなかないから」

「ああ、そうですね」

うっかり相槌《あいづち》を打ってしまった。相手は雑踏の中で床に寝転がるのも厭《いと》わない奇矯な人物だというのに。

「それにしても、うれしいねえ」

「何がですか？」

「だってこういう場所に来ると、みんな恐竜が好きなんだなって実感できるじゃない」

「ああ、そうですね」

またも、うっかり相槌を打ってしまう。自覚はないが、僕たちは何かしら相通ずるものを感じ取っているのかもしれない。

男の人がにっこりとした。

「うん、程度の差はあっても、みんな恐竜が好きなんだよ。我々マニア以外にもたくさんの人が、こうして恐竜博を見に来てくれる。おかげで採算がとれるから、貴重な標本を世界中の博物館や研究機関から借りてこられる。こういうのって、理想的な循環だよね。子供たちがこんなにたくさんの良質な資料に接することができるんだから、この国の未来は案外明るいかもしれないよ。だって最初はみんな、ただ大きいとか怖いとか、そんなわかりやすい部分に惹《ひ》かれて古生物や地球科学に興味を持つんだから」

ああ、そうなんだよな。

思えば僕だって、恐竜に目覚めるきっかけは小さい頃にテレビで見た『ジュラシック・パーク』だった。テタヌラ類だのK—T境界層だの、そんな用語は全部あとから覚えたものだ。恐竜に詳しくても詳しくなくても、それぞれの理解度に合わせて楽しめばいいだけのことなんだ。

話し終えると、男の人は「じゃあ」と片手を上げてサルタサウルスの方向に去っていった。

「いまの人、知り合い？」

黛さんに問われ、「いや」と返す。

それだけじゃ駄目だ。言葉が足りない。理解してもらえなくてもいいからちゃんと話して、僕が無口だったのは彼女のせいじゃないとわかってもらわないと。

「あの、黛さん」

「なに？」

「今まで黙ってたことがあるんだけど、聞いてくれる？」

「うん？」

喉《のど》が鳴る。本当のことを言ったら、この人も僕を避けるようになるだろうか。でも、もう嘘をつくのは疲れた。

「おれ、関心の薄い十七歳のふりをしてたけど……」

「十七歳のふり？」

「あ、そこは忘れて」迷いやためらいが渦巻く頭の中を整理し、深呼吸をひとつしてから続ける。「ごめん。おれ、ほんとは恐竜大好きなんだ。それも普通に好きとかいうレベルじゃなくて、オタクといっても過言じゃないくらいに。だからことか上野《うえの》の科学博物館とかで恐竜イベントがある年は、毎回必ず来てるんだ。それも一人で。……十七にもなって恐竜に夢中な奴なんて、気持ち悪いよね」

短いはずなのに僕だけには長く感じられる、そんな沈黙が続いた。

「なんで、関心がないふりしてたの？」

黛さんが、じっと僕の目を覗《のぞ》きこんできた。逃げたくなるけど、ここで視線を逸《そ》らすことはできない。

「だって、喋《しゃべ》りだすと止まらなくなるから。化石見てる横でオタクがぺちゃくちゃ解説加えたら、ぜったい黛さんに嫌われると思って」

「それで、ずっと黙ってたの？」

「……うん。あまり話すと素性がバレるんじゃないかって、不安になって。でもかえって、嫌な気分にさせちゃったよね」

黛さんが大きく息を吸い、吐いた。

「はい。とても嫌な気分になりました」

尖った声が、僕の心臓に突き刺さる。

「ごめん、本当に」

彼女の顔に、いつものほわんとした微笑みが戻った。

「……まあ、いいか」

「えっ？」

「悪気があってそうしてたんじゃないんでしょ？　だったら、怒ってもしょうがないもん」

「でもおれ、恐竜オタクだよ？」

驚いたあまりに、わけのわからない念の押し方をしてしまった。

「まあ、片岡くんが恐竜好きっていうのは初めて知ったけど、そんなのべつに欠点でもなんでもないよ。ほら、無くて七癖っていうでしょ？　人とちょっとちがってる部分なんて、誰にでもあるよ」黛さんはふいに恥ずかしそうな顔をし、ひと言付け加えた。

「私にもあるし……」

「いいの？　おれ、恐竜のことになるとかなりうるさいよ。うんざりさせるかも」

「そのへんは、程度にもよるかな。でもせっかくだし、おすすめの見方みたいなのがあったらいろいろ教えて。素人にもわかるレベルで」

思いもかけぬ反応だった。ここに誘ったのがこの人でよかったと、僕は心から思った。

「じゃあ、じゃあ、まずはこの、アルゼンチノサウルスから。ちょっとこっちに来て」

声がうわずる。

口を開けて巨体を見上げる人々の間をすり抜け、僕たちは骨格標本の斜め後ろに回った。右の後肢から二十歩ほどの距離で、後ろ姿を見上げる。

「おれの個人的な意見だけど、竜脚る――」素人にもわかるレベルで話そう。「首が長くてでかい草食恐竜は、斜め後ろのこのアングルから見るのがいちばんかっこいいんだよ。ほら、ここからだと『踏み潰《つぶ》されずに難を逃れた哺乳《ほにゅう》類』の気持ちがわかるでしょ？」

「ほんとだ。でっかいお尻《しり》」

黛さんがクスクス笑ってくれた。うれしくなって続ける。

「ほら、あの後ろ肢《あし》、近くにいる人と比べると大きさがよくわかるでしょ。太腿《ふともも》の骨一本だけでも人間の体よりずっと長くて太いんだから、ほとんど山だよね。しかもいま見てるのはあくまでも骨組みで、実物には筋肉と脂肪が何十トンもついていたんだから、もっとボリュームがあったはずなんだよ」

「すごいね。あらためて大きいなってわかる」

「で、あの四本の肢に支えられてぶっとい胴体があって、その向こうの長い頸《くび》をたどっていくと、頭なんてもうはるか先でしょ。あそこまでで一匹の生き物なんだよ？　ちょっと上を向いてみて」

言われたとおりに頭の上を見上げた黛さんは、「あっ」と小さく叫んだ。「尻尾《しっぽ》がここまできてる。すごいね。『すごい』って言葉しか出てこないけど、すごいね。すごく大きい」

語彙《ごい》の乏しさが、かえって興奮ぶりを伝えていた。しばらくの間恐竜の鼻先から尾の先まで視線を往復させていた彼女は、期待のこもった目で僕に尋ねてきた。

「ほかには？　おもしろい恐竜とかいる？」

場内でもいちばん広いこのエリアを、僕はぐるりと見渡した。

「あ、あそこに男前のがいる」

連れていったのは、ドラコレックスの頭骨の前だ。ドラコレックスは体長3メートルほどの二本肢で歩く草食恐竜なのだが、頭から尾の先までほぼ水平の姿勢を保っていたと見られているので、体の高さは人間の大人と同じくらいだ。

「ほらこの顔、ファンタジー映画のドラゴンみたいですごくかっこいいでしょ」

ギザギザした頭骨とにらめっこした黛さんが、目をぱちくりさせる。

「こんなのがほんとに生きてたの？　細面で鼻の上とか頭とか角だらけで、化石っていうより彫刻みたい。たしかにドラゴンそのものだね」

　喜んでくれたみたいだ。僕の知識が誰かを楽しくさせるなんて、初めてのことだ。

「この恐竜、学名が、『ドラコレックス・ホグワーツィア』っていうんだよ。意味は、『ホグワーツの竜王』」

「ホグワーツって、もしかして『ハリー・ポッター』のあのホグワーツ？」

「うん、あのホグワーツ。ただ、この男前にも気の毒な点が二つあって」僕は、黛さんを生態復元模型の前に案内した。「ほら、首から下がこんなにもっさり。なで肩で手足がほっそりしてて、下膨れの体型でおっさんくさいでしょ」

「ああ、男前なのに……。で、気の毒な点の二つめって？」

「このドラコレックス、ひょっとしたら独立した種じゃなくて、パキケファロサウルスの若い頃の姿かもしれないってこと」

「パキケ……、なに？」

「パキケファロサウルス。そっちに全身骨格があるよ」

　僕が指差す先には、「河童《かっぱ》の皿を頭に被《かぶ》ったドラコレックス」とでもいうべき恐竜がいた。

「え、歳とるとああなっちゃうの？　あんな、鉄製のシャンプーハットを被ったワラビーみたいなのに？」

　言い得て妙な形容だった。なるほど、たしかにそんなふうにも見える。

「ね、気の毒でしょ？　もちろん、この男前のまま大人になった可能性もあるんだけど」

「これで胴体がさっきのデルタなんとかみたいだったら、ティラノサウルスよりも有名になれたかもしれないのにね。名前も『ホグワーツの竜王』なんて、すごくキャッチーだし」

「あ、黛さんもかっこいいと思った？　デルタドロメウス」

「というか、片岡くんがすごく熱心に見てたから印象に残って。ああいう肉食恐竜にもやっぱり、いちばん映えるアングルとかあるの？」

「あるよ。もう一度見に行く？」

「どのへんだったっけ？」

「こっち」

僕は黛さんの手を取り、混みあう場内を入り口方向に溯《さかのぼ》った。夢中になるあまり、咄《とっ》嗟《さ》に手を摑《つか》んでしまったのだ。自分が性格に似合わぬ大胆な行動をしていることに気づいたのは、ボーンベッドの前に差し掛かってからのことだった。

はっとなり、繋《つな》いでいた手をおもわず開いてしまった。しかし、手は離れなかった。黛さんが僕の手を握ってくれていたからだ。

すぐそばを歩いている彼女の顔も見られぬまま、小さな手をこわごわ握りなおす。心臓が、暴走したように激しく鼓動する。

手足の突っ張ったぎこちない歩みで、僕は黛さんを「三角州の疾走者」の前まで導いた。

「大型の獣脚――」例外や詳細は省き、おおまかな表現に言い換える。「肉食恐竜は横から見てももちろんかっこいいんだけど、迫力があるのはやっぱり顔の真正面からのアングルだよ。ほら、『自分がこの世で最後に見た光景』って感じでしょ？」

デルタドロメウスにじっと見据えられた黛さんの手が、ほどなくピクリと動いた。

「いま、ゾクッとした」

「ね？ ちょっと来るでしょ？ じつはこの恐竜の頭の骨はまだ発見されてなくて、いま見てるのは近い種類の恐竜を参考にして復元されたものなんだけど、それでも怖さは変わらないよね」

「うん。たぶん、顔だけじゃなくてこの体つきが不気味なんだと思う。細身で手足が長くて、なんかヒトっぽいの」

なるほど、言われてみればちょっとヒトっぽい。

オタクにはない彼女の視点が、僕にはいやに新鮮だった。

「たしかに、恐怖の爬虫類男《はちゆう》って雰囲気だね」

手を繋いで距離が縮まったせいか、頭の上で「げしゃあ！ しゃげえ！」と吠《ほ》え散らすユタラプトルの声はそれほど気にならなくなった。

空いている方の手で、黛さんが大型ビジョンを指差す。

「この恐竜も正面から見てみる？　そっちにいるやつだよね」

見違えるほど元気になった彼女に、僕は窺《うかが》うように尋ねた。

「足、さすがに疲れてない？」

「じつはちょっと」微笑んでみせてから続ける。「片岡くんは？」

「じつはちょっと」

そう答える声が、楽しくてしょうがないと勝手に語っていた。

正対して見る「ユタの略奪者」はデルタドロメウス以上の迫力で、今にも四肢の鉤爪《かぎづめ》を振り上げて襲い掛かってきそうに見えた。

遠い昔に滅びた巨大な肉食生物を見つめながら、黛さんがしみじみと言った。

「私、今の時代に生まれてよかった」

「おれも――」

黛さんと同じ時代に生まれてよかった、という台詞《せりふ》が頭の中に浮かんだが、さすがに口に出す度胸はなかった。

その後も手を繋いで展示を見て回った僕たちは、順路の最後にあるカフェテリアでむくんだ足を休めた。歩き疲れと慣れないデートの緊張感で渇いた喉《のど》に、冷たいカフェラテが染みていく。

「たくさん見たね」

「たくさん見たね」

目が合っただけでニコニコしてしまう。今の僕は、史上最大ののろけ野郎だ。恐竜オタクの孤独と矜持《きょうじ》はどこへ行った。黛さんのことばかり気になって、恐竜なんてほとんど見てなかったじゃないか。こんなことでいいのか。

いいのだ！

恐竜はまた今度、一人で見に来ればいいじゃないか。前売り券も残っているのだし。

「買ってぇぇぇ。うぐっ、えぐっ、おえがい、こで買《が》ってでぇぇぇぇ」

隣接するお土産売り場で、ソフトビニール製のティラノサウルスを胸に抱えた男の子が泣きわめいている。その前に仁王立ちして首を横に振っているのは母親だろうか。どちらも一歩も退かない構えで、交渉は平行線を辿《たど》っているようだ。

保護者のような柔和な眼差《まなざ》しで男の子を見つめていた黛さんが、僕に視線を戻した。

「片岡くんも、ちっちゃいときああいうことした？」

「うん。おもちゃ売り場の床に寝っ転がって、手足振り乱しながら回転してた。殺虫剤かけられたハエみたいに」

「ああ、光景が目に浮かぶ」

「黛さんは、どんな子供だった？」

「私？」妙な間のあとで、「まあ、普通の子だったよ」と答える。

「普通、ねえ」

「うん、いや、うん……、普通、かな」

あまり触れられたくないことなのだろうか。週に何度か大急ぎで家に帰ることも、何かしら関係しているのかもしれない。

動揺を見透かされないように、僕はすぐに話題を変えた。

「なんか今日、途中までつまんなくしてほんとごめん」

「ううん。私の方こそ、いきなり『帰ろう』とか言いだしてごめんね」

「いや、あれじゃ怒って当然だって。あのあとは恐竜のことわかりやすく話したつもりだけど、おれの説明、しつこくなかった？」

「ぜんぜん」僕の大好きなほわんとした微笑みが、にきびの浮いた彼女の顔に浮かぶ。「すごくわかりやすくて楽しかったし、恐竜が好きな人の気持ちが少しわかった気がする。片岡くんの新たな一面も発見できてこう、興味深かったし」

体中がこそばゆくなる。

「正直に話してよかった。なんというか、体の中に溜《た》まってた重いものが全部消えてなくなった感じ」

「そこまで？」

「そこまでだよ。だって、友達が音楽の話とか始めてもついていけないし、そうかといって恐竜の話しても誰もついてきてくれないのはわかってるし、鬱屈《うっくつ》というと言いすぎだけど、モヤモヤはずっと溜まってた」途中で照れてしまい、手元の紙コップに目を落とす。「だから今日、黛さんに『無くて七癖なんだから気にしないで』みたいに言ってもらえて、冗談とかじゃなく救われた。ほんとにありがとう」

顔を上げると、黛さんは何か考えごとをしているような表情でそっぽを向いていた。まずい。こんな自分語りは退屈だったか。

数秒の沈黙のあと、はっと目覚めたようにまばたきし、僕の目を見つめる。

「あのね、じつは私も……」

「『も』？」

彼女はもじもじしながら、それでも大真面目に頷《うなず》いた。

「うん。じつは私も、片岡くんに黙ってたことがあるんだけど、びっくりしないで聞いてくれる？」

「……うん」

こそばゆかった体が、たちまち硬直していく。

彼女の視線が、重さに耐えかねたように下に落ちていった。

「……片岡くん、いま、お金ある？」

「お金？」今日のデートに備えて、この一ヵ月は徹底して倹約に努めてきた。だから、軍資金はそれなりにある。だけど……。「それって、いくらくらい？」

相手の意図が見えぬまま、僕は尋ねた。

「ええと、二三〇〇円くらい。ひょっとしたらそれじゃ足りなくなるかもしれないけど、土日じゃないから二五〇〇円もあればまず大丈夫だと思う」

なんだなんだ？

＊

「どわー！　回れ回れ回れ！」

Tシャツの上にピンストライプのレプリカユニフォームを羽織った黛さんが、僕のとなりで右手をぐるぐる回していた。

同じデザインのユニフォームに身を包んだ選手が、三塁ベースを蹴《け》ってホームに突入する。中継に入ったショートからキャッチャーへ、奥歯を嚙《か》みしめる音が聞こえてきそうなほど力のこもった球が返される。

ランナーの左手が、キャッチャーのタッチより一瞬早くホームベースに触れた。主審が素早く両手を広げる。

「セーフ！　セーフ！　ぃやったー！　1点差！　1点差！」

黛さんはその場で繰り返し飛び跳ねた。こんなにはしゃぐ彼女は初めて見た。

ホームチームの怒濤《どとう》の反撃に、真夏の夜の千葉マリンスタジアムは耳を聾《ろう》する大歓声に包まれていた。

僕たちの右手にあるライトスタンドを中心に、黛さんと同じ服を着た何千もの人々が「エリーゼのために」のメロディに乗せてコールを始める。

「らーらーらー・ららー・ららー・ららー」黛さんも、迷わずそのコールに加わった。「ちーばっ！　ろって！　まーりーんーずっ！」

三塁線を鋭く抜ける走者一掃のタイムリー・ツーベースにおもわず立ち上がっていた僕も、この雰囲気の中では黙って座るわけにもいかず、多少の気恥ずかしさを覚えつつ「ちーば　ろって」と控えめに繰り返した。

歌が終わると、彼女は「手を出して。こう」と僕に両手を挙げさせた。

「いえー！」

パチン、と手のひらにハイタッチされる。見回すと、周りの観客たちも前後左右の人々と手を合わせていた。呆気《あっけ》にとられているうちに、僕もなりゆきで左どなりの見知らぬ中年女性とハイタッチを交わしてしまっていた。おとなしい恐竜オタクには未知の文化が、海辺のこの球場にはあるみたいだ。

「儀式」をひととおり終えた黛さんは、オレンジ色のシートに座るなりスコアブックのマス目に「＜」の形の線を引いた。それが二塁打の印で、数字の「7」がレフト、その左横の点と線が打球の方向と性質を表していることは、この7イニングの間覗《のぞ》き込んでいるうちに覚えてしまった。

塁に溜まっていた走者の動きまで余さず記入し、顔を上げた彼女は満足げに「ふう」と吐息をついた。「いい試合になってきたね」

「うん。まあなんというか、二三〇〇円の入場料の元はとれた気がする」

「ほんとよかった。無理に誘ってひどい試合だったりしたら、申し訳ないもん」

興奮気味に語る彼女のシートの下には汚れ防止用の古新聞が敷かれ、中身の減ったトートバッグがその上に置いてある。レプリカユニフォームの下の黒いTシャツはチームのアンダーシャツの色に合わせたもので、曰《いわ》く「個人的に心がけている生観戦時のたしなみ」なのだそうだ。なんでも黛さんの家はおじいさんの代からずっと川崎市民で、前身のロッテオリオンズ時代から全員がマリーンズファンなのだという。言われて初めて、僕は新丸子が川崎市内にあることに気づいた。

次打者への二球目が外角に大きく外れるのを見届けてから、黛さんはざわめきの中で声を張って尋ねてきた。

「なんかちょっと呆然《ぼうぜん》とした顔してるけど、片岡くん、もしかしてファイターズファンだった？」

4点差から1点差まで一気に追い上げた興奮が冷めやらぬ観客席の中、僕は黛さんの左耳に返事を吹き込んだ。

「いや、そうじゃなくて、普段の黛さんとのギャップにびっくりしちゃってて」

「あ、ピッチャーがモーションに入ったらボールから目を離さないほうがいいよ。このへんの席、ライナー性のが飛んでくるから」

「すいません」三球目もボールになった。マリーンズファンの拍手の中、顔の向きを戻して話を続ける。「CSに加入してるって言ってたけど、家でもこんな感じで観てるの？」

「ううん、さすがにもっとおとなしく観てるよ。ただ今年は今日が初の生観戦なんで、気合い入っちゃって」恥ずかしそうに言い訳する。「去年まではね、お兄ちゃんと年に何度か観に来てたんだけど、春から仙台の大学に行っちゃったから、一緒に球場に行く相手がいなくて」

「ふーん」

「あ、片岡くんをお兄ちゃんの代役に利用したわけじゃないよ？」

「うん。わかってる」

これまで家族以外に見せたことのなかった一面を彼女が僕に見せてくれているのだから、悪い気がするはずがない。

黛さんの野球オタクぶりは僕の恐竜オタクぶりを凌駕《りょうが》しており、その尖《とが》り具合は感心を通り越して呆《あき》れてしまうほどだった。なにせ、彼女が「サードの守備位置、深すぎない？」と呟《つぶや》いたそばから三塁線にセーフティバントを転がされ、「これで外めに変化球落とされたら、ワンバウンドでもクルンと回るよ」と言えば、打者がそのとおりに三振するのだ。「たまたまだよ」と本人は謙遜《けんそん》するが、何百試合も見ていないとここまでの洞察力は育《はぐく》まれないだろう。

マウンドでは、三番手投手の苦しい投球が続いている。試合開始後しばらくは明るさを残していた空も、ゲームが終盤に差し掛かった今はすっかり黒く染まっていた。

「ほんとのことを言うとね」興奮を引きずりながらも恐縮した声で、黛さんが語りはじめた。「恐竜博に誘ってもらった日にはもう、さっそく試合日程チェックしてたの。だから今日はもう最初からここに来る気満々で、待ち合わせ時間もナイターに合わせてわざと遅めにしたんだ。こんな計画をこっそり企《たくら》んでたなんて、けっこう腹黒いでしょ？」

「うん」笑いながら素直に頷く。「でも、おれも黛さんとジブリ映画の話で盛り上がった日にはもう、一緒に映画観に行く口実を作ろうと画策してたから、ある意味おあいこだと思う」

「うーん、おあいこかあ。なるほど」口元に笑みが浮かんだ。「それで今日はね、恐竜博見ながら『せっかく幕張まで来たんだし、ちょっと観てく？』ってあくまでも軽いノリで誘うつもりだったんだけど、なかなか言いだせる雰囲気にならなくてってイヨッシャー！」

会話を途中で切り、彼女が力いっぱい拍手した。カウント1―3から三番打者がフォアボールを選んだのだ。

スコアボード、ますます盛り上がるライトスタンド、マウンドに集まるファイターズの内野陣と、雰囲気に圧倒された僕は球場のいたる所に視線をさまよわせ、声をうわずらせた。

「えらい展開になってきたね。ここで四番か」

スコアブックにBの文字を記した黛さんが、顎《あご》に手を当てて三塁側ベンチの様子を窺《うかが》う。

「向こうはどうするかな。ピッチャー代えちゃうかな。でもこっちは左が続くから、このまま続投かな？　2アウトまで来てるし」

やがてピッチングコーチがベンチに下がり、内野手がそれぞれのポジションに散っていった。続投だ。

七回裏。スコアは3対4の1点差。2アウトながらランナーは一、二塁。野球だけでなくスポーツ全般に疎い僕も、さすがにこの場面はグラウンドから目が離せなかった。

アパトサウルスのようにがっしりとした体格の四番打者が、初球を豪快に空振りする。バットから発生する風圧が、ライトポールに近いこの内野自由席まで届いてきそうだ。

「たのむよー、打ってくれー。せめて同点。欲をいえば勝ち越し。次の回、ファイターズは二番からだし」

胸の前で両手を組み、黛さんがブツブツ呟いている。

無くて七癖とはいうけれど、不思議な人だ。でも、僕は好きだ。こうして野球に夢中になっている黛さんも、ほわんと微笑みながら話す黛さんも、ナイター中継を観るために全速力で帰宅する黛さんも、まとめて好きだ。

「ああ、そうか」

グラウンドに視線を向けたまま、僕は膝《ひざ》を叩《たた》いた。ひとつの謎がいま解けたのだ。

「月曜は移動日で試合がないから、急いで帰る必要がないわけか」

「なにが？」

二球目、低めギリギリに外れるボール。円形の球場全体からどよめきが起こる。

「ありゃ。そんなとこまで見られてたのか」

「でもその理由が、『スコアブックもつけれちゃうほどの野球ファンだったから』というのは、想像もしてなかった」

「まあ、さすがに一球ごとにチェック入れてる余裕はなくて、打席単位でしか記録してないけどね」彼女が、窺うような声で僕に尋ねてきた。「……女で野球オタクって、変かな？」

「いや——」

答えかけた僕の声は、乾いた打撃音にかき消された。

「行けーっ！　入れーっ！」

僕より先に立ち上がった黛さんが、二万あまりの観衆の誰にも負けぬ大声で打球を後押しする。

恐竜オタクと野球オタクの二人が見上げる中、白球は大きな放物線を描きながらバックスクリーンめがけて飛んでいった。

ゴンとナナ

波の音はいい。いつ聴いても。

退部するまでの二ヵ月くらい、あたしにとって吹奏楽部にまつわるいっさいの音は苦痛でしかなかった。合奏でも個人練習でも、楽器の音を耳にするだけでげんなりした。とくにたまらなかったのが、パート練習。荻野《おぎの》くんのそばでホルンを吹いてると、彼我の実力差というものをいやというほど思い知らされた。彼の吹く柔らかくやさしくブレのない音色が、あたしの心臓をおかしな具合に鼓動させた。

それに比べると、波の音はいい。単調だけど不思議なくらい飽きないし、気持ちを搔《か》き乱されることもない。波打ち際を歩いているとかなりの音量なのに、ちょっと考えごとを始めるとすうっと耳から遠ざかってくれるあたりもいい。自然は意外に気がきいている。

で、気がきかないのが一四、今ちょうど立ち止まったところだ。

「うおっと！」

突然だったので、つい声が出た。リードがぴんと張り、前を歩いていたあたしは後ろに腕を引っぱられて大きくのけぞった。遅い午後の陽に焼かれて汗ばんだ体から、さらに汗が噴き出す。

振り返ると、ヘッヘッヘッとせわしない呼吸を繰り返しながらゴンが沖を見つめていた。いつものポイントだ。三日月形をした砂浜の、北の端からだいたい三分の一あたり。なぜかこいつは毎度ここで立ち止まって、右手に広がる海を見つめる。視線の先を追ってみたところで、今日もやっぱりおかしな物は見当たらない。ウインドサーフィンのセイルが右に左にいくつか行き交っているけど、それはこの海岸ならどの位置からでも見られるものだし。

「またですか」

近くに人がいないのを確かめてから、我が家の柴犬《しばいぬ》に呼びかける。ひとり言をうまくまぎれさせてくれるのも、波のいいところだ。

聞こえてるはずなのに、ゴンはあたしの呼びかけに反応しない。リードを引っぱられながらも、なんだか遠い目で海を眺めている。歳をとったからなのか、このごろよくこういう表情をするようになった。

「ほら、行くよ。急いでんだから」

そう言ったあとで、あたしは「どこへ？」と自分に聞き返した。考えるまでもなく、急いで行かなくちゃならない場所なんかない。空はまだ充分に明るいし、このあととくに用事もない。急いで楽器を片付けて、急いで家に帰って、急いでご飯を食べて、急いで課題を終わらせないとあっという間に真夜中になってしまうような毎日は、もう三週間も前に終わったんだった。

　ゴンと歩きながら、自分の立場というものを考えてみる。

　今のあたしに課せられているのは、こいつの散歩と風呂《ふろ》掃除くらいのもの。どっちも「家でゴロゴロしてるくらいなら少しは手伝いなさい」と、お母さんに押しつけられた仕事だ。もちろん面倒なんだけど、散歩は家に帰ったらすぐにやることにしている。部屋に上がって着替えてしまうと、家から出るのがもっと面倒になるからだ。

　それ以外にするべきことといえば、立場上やっぱり受験勉強。これについては本番まであと一年を切ってるし、たしかに心配ではあるけれど、まだ目を血走らせるような時期でもない。時間はうんざりするほどあるのだ。

　たぶんこういう状況を、自由というんだと思う。わずらわしさはないけど、なんか乾いてる。

　振り返ってもう一度、ゴンの見つめていた先を眺めてみる。右手の小さな岬から左手のマリーナまで、やっぱり何もない。いや、海と光があるといえば、ある。強い西日に照らされた海面が、きらきら金色に光っている。眩《まぶ》しいけど、きれいだ。金色の海。

「ゴン、夕方の海が金色なのはね、底に沈んだ金銀財宝が光を反射してるからなんだよ」

　退屈しのぎに沖を指差し、意味もひねりもない嘘を吹き込んでやる。

　ゴンはあたしに顔を向けることもなく、何か考えごとでもしてるような風情でとぼとぼ歩いている。もはやジイさんと呼んでも差し支えない歳だし、いくらか反応がトロくなるのも仕方がないか。

ジイさん犬の茶色くくすんだ背中を、黒い影がさっと走った。

見上げると、黄色味の増してきた空をトビがゆっくりと輪を描いていた。たぶん、この暑さを歓迎してるのはこいつらくらいのものだろう。上昇気流を翼にたっぷり受けて、気持ちよさそうに旋回している。

自分の口から転がり出た身も蓋《ふた》もない嘘だけど、海の底に沈んだ財宝というものをあたしはちらっと想像してみた。そういう話が起こり得るとすれば、それなりに昔だろう。戦国時代あたりか。信長《のぶなが》とか秀吉《ひでよし》あたりに命じられて大量の金や銀を運んでいた船が、突然の嵐に襲われて沈没した。その財宝は戦のための軍資金で、敵の武将に引き揚げられると困るから、事故そのものが闇から闇へと葬り去られた。――ちょっと、ありそうな話だ。いや、ないか。だけど実際、そんなアイテムを引き揚げた日には大事件だろう。日本中の歴史学者がこの小さな半島の付け根にある町に駆けつけてくるし、テレビ局もカメラマンとかレポーターを何ダースも送り込んでくる。土日の海岸道路は見物の車で大渋滞を起こして、砂浜には季節外れの海の家が並び建つ。そして新聞の三面には〈お手柄女子高生　海で財宝発掘　時価一〇〇〇億円以上か〉の記事。

……待て。なんであたしが発見者になってる。

どうもよくない。暇になったせいか、ちょっと気を抜くと妄想があり得ない方向に飛躍する。しかも今の妄想に出てきたあたしは黒い横広の帽子にアイパッチ姿で、ラム酒をがぶ飲みしながら記者の質問に答えていた。なんという乏しい想像力。トレジャーハンターの恰好《かっこう》を思い浮かべようにも、あたしの小さな抽斗《ひきだし》には海賊の衣装くらいしか入ってない。しかもコスプレ風味。

潮風を大きく胸に吸い込んで、吐く。波の音が耳に戻ってきた。

夏になれば海水浴客で毎日ごった返すこの海岸も、梅雨入り前のこの時期はまだガランとしている。南北一キロ近くある砂浜に、いるのはせいぜい二十人くらい。おじいさんとおばあさんの夫婦っぽい二人連れとか、事情は知らないけど走ることで己を厳しく鍛えてる中年の男の人とか、ちっちゃい子に砂遊びさせてるお母さんとか、歳も性別もバラバラで、見知った顔はいない。

波の音しか聴こえない海岸を歩いていると、つい先日までの音楽まみれの日々が、なんだかパラレルワールドの出来事のように思えてくる。それともじつは、こうして海岸にいることがパラレルワールドの話なのか？

今ごろ、吹奏楽部のみんなはパート練の最中だろうな。

そう考えたら、なんだかおかしな気分になった。すっきりしたような、ちょっと心細いような。捻挫《ねんざ》が治って包帯が外れたあとの、あのむやみにスースーする感じに似てる。

もともとは、それなりに楽しくやっていたのだ。同学年四人組の中ではいちばん下手だったけど、それでもホルンを吹くのは好きだったし、部内の人間関係もおおむね良好だった。それどころか、吹奏楽部での喜怒哀楽があたしの高校生活のすべてといっても大げさではなかった。遊び友達も、気に食わない子も、好きな人も、ぜんぶ部内にいた。好きな人はまあ、一年前に卒業してっちゃったけど。

　そんなに大切な場所だったのになぜ辞めたのかというと、その原因の大部分は後輩の荻野くんにある。

　彼はとても上手だった。一年前に入学してきた時点で、当時の三年生とも互角以上の腕を持っていた。とくに英才教育を施されたわけでもなく、ホルンを始めたのは中学のブラスバンドからで、それまではろくに楽器に触ったこともなかったらしい。つまり、才能に恵まれていたのだ。

　そしてあたしはというと、残念なことに才能に恵まれてはいなかった。肺活量はないし、音は安定してないし、毎日ホルンを持ち帰って自宅練習するほどの熱意もなかったし、よほど単純でゆっくりとした曲でもないかぎり、初見演奏なんてまずできなかった。

　だから辞めた。

　というと飛躍しすぎか。ほんとはもう少し複雑な事情があったんだけど、また立ち止まったゴンがおもむろに後ろ肢《あし》を開いて腰を落としたので、回想中断。

　海岸散歩の利点は、ブツの処理が簡単なところだ。砂が粘度とニオイを薄めてくれるので、土やアスファルトの上にされるよりもずっと回収しやすい。ただ、出現直後に拾おうとするのは厳禁だ。ほら、ゴンが後ろ肢で盛大に砂をかけている。これが目に入りでもしたら浜辺をのたうち回ることになるだろう。

犬が一連の儀式を終えると、あたしは半分砂に埋もれかけたそれをビニール袋に採取し、口を結んでマナーポーチの中に収めた。

立ち上がった拍子に、目からぽろんと涙が落ちた。

みんなはコンクール目指して毎日遅くまで頑張ってるのに、あたしは一人ぼっちでウンコ拾ってる。客観的に見ると、とてつもなく情けない。

そうかといって、いまさら吹奏楽部には戻りにくいし、戻るつもりもない。放課後に音楽室に向かうときの、あの一歩ごとに内臓が冷えていくような苦しさを味わうくらいなら、犬の下《シモ》の世話の方がまだましだ。

「あっちいなあ」

手の甲で目のあたりを擦《こす》り、あたしはむやみに尖《とが》った声でひとり言を口にした。まだ六月の初めなのに今日はすごく暑いので、変に気が立っているのかもしれない。

「藤島《ふじしま》せんぱーい！」

左手の海岸道路の方から、聞き慣れた声があたしの名を呼んだ。見ると、噂の荻野くんが砂防用の葦簀《よしず》の陰から出てきたところだった。夏服の白いワイシャツが眩しい。

「また来たか」

そう呟《つぶや》くあたしの傍らで、ゴンがくしゃみをひとつした。

「探しちゃいましたよ。犬小屋が空だったから、たぶんこっちかなって」革靴のまま砂浜を駆けてあたしのそばまで来ると、荻野くんは息を切らせながらそう言った。「メールしたんだけど、見てくれました？」

「ううん」

即答。

携帯電話は家に置いてきた。部活を辞めたらメールの数が一気に減って、着信に即応する必要もなくなったからだ。

「なんだ。じゃあ、あとでいいんで読んでください」

「あー、うん」我ながら、気のない返事だ。「で、荻野くん、今日部活は？」

「もちろんサボり」

にこっと微笑まれると、ちょっとそわそわする。かっこいいとまでは言えないけど、細身であっさりした顔立ちの荻野くんにはどことなく清潔感が漂っていて、その才能との相乗効果で女子にはなかなか人気がある。女の子だけで「部内で付き合うとしたら誰？」というような話になると、いつも二番目に名前が挙がるくらいだ。一番人気はその年その年の部長だから、「部長三割増しフィルター」を外せば実質的には彼が一位だ。

あたしの足元で、ゴンが耳の後ろをバリバリと掻《か》いた。

「よう、ゴン」

荻野くんはしゃがみこんで、すっかり顔なじみになった老犬の頭を撫《な》でる。その隙に先手を打とうと、あたしは口を開いた。

「あのさ、吹奏楽部の希望の星が無断欠席はまずいよ。なんか最近あたしたち、変な噂立てられてるみたいだし――」

「毎日でも来ますよ、先輩が部に戻ってくるまでは」

カウンターを食らった。「希望の星」という言葉でたじろがせるはずが、きっぱりとした物言いにこっちがたじろいでしまった。うまく言葉を返せないでいると、立ち上がった荻野くんはさらに畳みかけてきた。

「もう、犬の散歩も飽きたでしょ。また前みたいにホルン頑張りましょうよ。今ならまだブランク短いから、すぐに勘も取り戻せますよ」

屈託のない笑顔。望んだことはすべて叶《かな》うと信じて疑わない目。

前は「眩《まぶ》しいなあ」と思って見てたけど、今はこう、かえって突き放してやりたくなる。

「引き留めてくれるのはありがたいけど、あたしは戻らないよ。退部届も遠藤《えんどう》にちゃんと渡したし、夜逃げじゃなくてちゃんと手続き踏んだ上での退部だから」

そう、顧問の遠藤はあたしの退部届を受理した。「受験勉強との両立がむずかしくなった」なんて唐突な理由を問い質《ただ》すこともなく、いともあっさりと。

もしもあのとき職員室で「どっちみち秋までには引退なんだから、頑張って最後まで続けてみろよ」って説得されてたら、あたしももしかしたら「はい」って頷《うなず》いてたかもしれない。でも遠藤がそう言わなかったのは、向こうにとってもあたしがいなくなるほうが好都合だったからだ。

　去年のコンクールがまさかの県予選敗退に終わって、遠藤は失地回復に躍起になっていた。「出場メンバーは学年でなく実力で選ぶ」と去年の秋から公言していたし、態度もそれまでよりずっと厳しくなった。本人が言うところの「リベンジ」に燃えていた遠藤にしてみれば、二年生の荻野くんをコンクールのメンバーに抜擢《ばってき》するための障害が自分から「辞めます」と切り出したのだから、まさしく渡りに船といったところだったのだろう。

　まずい。思い出したら落ち込んできた。

「手続き、ねえ」荻野くんは胸の前で腕を組んだ。男にしては細い腕。「そしたら、再入部の手続きをすればいいじゃないですか。それなら問題ないでしょ」

あたしが辞めてからというもの、彼はだいたい三日に一度の割合で部活を休んでここに通ってくる。本人はよかれと思って説得しているつもりでも、正直なところこっちにとってはいい迷惑だ。

　パートリーダーの桜子《さくらこ》に呼び止められたのは、おとといの体育の授業のあとのことだ。

「ナナが辞めるのは勝手だけど、荻野くんまで巻き込まないでくれる？」

　そう言われてもしばらくの間、意味がわからなかった。話を聞くとどうも、彼があたしの所へ通っているのが人づてにねじれて伝わったらしい。こっちから誘いをかけてるんじゃないことを必死に説明したけど、突き放した目に見据えられてあたしの声はどんどん小さくなっていった。桜子とは一緒に買い物に行ったりお互いの家に泊まったりもした仲だったけど、これから卒業までの一年弱で関係を修復するのは、たぶん無理だ。ただ、桜子が特別冷淡な人間というわけじゃない。彼女にひと言の相談もなく辞めてしまったあたしにも問題はあったし、それでなくともあの子の気持ちはわかるのだ。あたしだって去年までは、退部していった人たちに同じ視線を投げかけていたから。

仲間に退部されると、ひと言ではうまく表現できない感情が湧いてくる。寂しいのはもちろんだけど、その一方で、自分が高校生活を賭《か》けて取り組んでいるものを否定されたような気分になるのだ。それに、忙しさと緊張感から解放された人間への羨《うらや》みも、感じないといったら嘘になる。

そういう複雑な思いがない混ぜになって、残った人間が辞めた人間に向ける眼差《まなざ》しは冷え冷えとしてくる。それはきっと、避けようのないことなのだろう。

ただ荻野くんは、ほかの人たちとはちがって今も親切に接してくれる。でも、それがうれしいかというと、そんなことはない。

手加減されたのだ、あたしは。

去年の夏からだ。遠藤が「年功序列撤廃」の方針を打ち出してから、荻野くんの態度は少しずつ変わっていった。パート練習では完璧《かんぺき》だったフレーズを全体練習でミスしてみせたり、遠藤の指示を愛想笑いで受け流すだけで実際には従わなかったり、挙げ句に遅刻や無断欠席までしたりするようになった。

彼があたしに花を持たせようとしているのは明らかだった。今年が高校生活で最後のコンクールになるあたしのために、荻野くんはわざと自分が選から漏れるように振る舞っていたのだ。

それが、あたしにはたまらなかった。後輩に気を遣われているのが情けなくて悔しくて、あんなに好きだったホルンを吹くことが日ごとに苦痛へと変わっていった。

「――それで結局、いつごろ戻ってきます？　来週？」

「え？　あ、ごめん」

相手の話を聞き流していたことに気づいて、あたしは半笑いで謝った。

「聞いてなかったのか。先輩、最近ぼんやりしてること多いよね。ちゃんと受験勉強やってます？」

「うん、まあ、もちろん」

曖昧《あいまい》に頷く。

「やってないんでしょ、そんなには」荻野くんは肩をすくめ、こっちの目を覗《のぞ》き込んでくる。「受験なんて、部活引退してからでもなんとかなりますよ。それより今しかできないことを続けるべきでしょ。練習がつらくても、将来ぜったい財産になるよ」

自分が退部の原因とも知らず、彼はポジティブな言葉を畳み掛けてくる。でも、「将来」なんて言われても、そんなもんぼんやりしすぎてさっぱり見えてこないよ。それに彼には悪いけど、何もかもうまくいってる人間の明朗快活な善意っていうのは、今のあたしには鬱陶《うっとう》しいだけだ。

「でも、部活は義務じゃないでしょ。あたしはほかにやることがあるから辞めたの」

「ほかにやることって、何?」

「………」

急に真顔で問われて、あたしは何も答えられなかった。

「ほら、ないんじゃん。先輩、また一緒にホルン吹こうよ」

いっそ本当のことを言ってやろうかと思った。あんたのせいだって。だけどそれを本人の前で認めたら、かえってみじめになりそうな気がする。

助けを求めるような気持ちで、ゴンに視線を落とした。

命令もしてないのに、犬の奴はおとなしくその場に伏せている。

この役立たず。若い頃はこの海岸に来ると走りたがって手がつけられなかったくせに。あんたがぐいぐい引っぱってってくれれば自然な形で荻野くんから逃げられるのに、なーに砂の上で腹這《はらば》いになってんだ。スフィンクスごっこでもしているつもりか。

「聞いてます?」

荻野くんが半歩踏み出してきた。近い。

「そんな、あたしのことはいいから、荻野くんは学校に戻りなよ」

「うん、戻る」頷いてから、荻野くんは言葉を付け加えた。「七海《ななみ》先輩と一緒なら、戻る」

いま、下の名前で呼ばれた。

「え、やっ、でも……」

動揺して、ますますしどろもどろになってしまう。

「七海先輩がいないと、部活つまんないよ。やる気出ないよ」

荻野くんのスクールバッグが砂の上に落ちた。と同時に、彼の両手があたしの二の腕を挟み込むように摑《つか》む。

一瞬、頭がボーッとなった。

どうしよう、こんなこと初めてだ。たいして強い力でもないのに、体を動かせない。視線を外せない。体中の血が顔に駆け昇ってきた。熱い。声が出ない。

波の音が消えた。ジョギングおじさんもしわしわカップルも目に入らない。荻野くんだけがいる。どうしてこんなことになってるの？　あたし、なんで逃げないの？

ゴンの濡《ぬ》れた鼻が、あたしのふくらはぎに当たってる。こんな状況でなに呑気《のんき》に脚の匂いスピスピ嗅《か》いでんだよ。

「あの、あの……」やっと言葉が出た。「まずいよ。誰かに見られるかも。変な噂がもっと広まっちゃうよ」

「いいじゃん、広まったって」

荻野くんは離れてくれない。待って、ちょっと、あたし、犬の散歩中。左手にウンコ袋ぶら下げてる。

視界の端に、ちらっと人影が見えた。あたしと同じグレーのスカートの夏服に、紺のスクールバッグ。誰だ？　こっち見てない？

「あ、キミちゃーん」

正体がわかったとたんにあたしは荻野くんを突き飛ばし、海岸道路の下にあるトンネルの出口で立ち尽くしている女の子に大きく手を振った。こわばった表情筋に力を入れて、無理やり笑顔を作る。

もう一人の二年生ホルン吹きは背中に氷でも入れられたみたいに体を震わせてから、おぼつかない足取りでこっちに向かってきた。ローファーだと砂の上を歩くのは大変だろう。

今の光景を見られただろうか、部活中のはずのこの子までなんでここにいるのだろうかといぶかしみながら、あたしはそれでも笑顔を崩さなかった。いっぽう荻野くんはというと、あきらかに狼狽《ろうばい》している。ぎこちない手つきでスクールバッグを拾って、砂を払いながら海、ゴン、キミちゃん、手元のバッグとあちこちに視線をさまよわせている。

キミちゃんは眼鏡を掛けてるから、荻野くんのさっきの行動は遠目でよく見えなかったかもしれない。でも、見えてたらなんてごまかそうか。転びそうになったのを彼が支えてくれた？　だけどあたし立ち止まってたし。それどころか、角度によってはキスでもしてたように見えたかもしれない。どうしよう、どうしよう。

作戦がまとまらないうちに、彼女はあたしたちのそばまでやってきてしまった。

「あー、キミちゃん、久しぶり」

何もなかったですよ、という顔をして小さく手を振る。

挨拶《あいさつ》すると必ずにこっと微笑み返してくれたキミちゃんが、少女少女した柔らかそうな頬《ほ》っぺたをひきつらせてあたしを睨《にら》んだ。

「何してるんですか？」

キミちゃんらしくない、険のある声。

「いや、何って、犬の散歩」

わざとらしい笑顔のまま、あたしは足元のゴンを指差した。

キミちゃんは、じっとあたしを見つめている。ホルン初心者でいつも気の毒なくらい控えめにしてた彼女が、あたしに向かってこわい顔をしてる。

どう続けていいかわからないあたしに代わって、荻野くんが口を開いた。

「尾《つ》けてきたのかよ」

あたしや桜子と話すときとはちがって、荻野くんがキミちゃんに掛ける声は半オクターブばかり低くて、態度も言葉づかいもそっけない。

「悪い？」キミちゃんは引き下がらない。「尾けなくても、どうせ目的地はここだろうってわかってたけど」

噂の出所が、いまわかった。前にも一緒にいるところを見てたのか。

「部活はどうしたんだよ」

「そっちこそ」

二人の二年生は、お互い拗《す》ねたような顔でもごもごと牽制《けんせい》しあった。

風が少し強くなってきた。

「あのね、あのね」あたしは陽気な声を作り、強引に話題を逸《そ》らそうとした。「この海岸、秋になると流鏑馬《やぶさめ》やるんだよ。馬がドドドッて走って、乗ってる人が的にビシッて矢を打つの。けっこう迫力あるよ。見たことある？」

ねえ？　ねえ？　とおもいっきりへつらいながら二人の顔を見比べてみたけど、芳しい反応はなし。海から吹いてくる湿った風が、あたしとキミちゃんのスカートをなびかせる。

ローファーの靴底で砂を掻《か》きながら、キミちゃんが荻野くんに話しかけた。

「みんな、心配してるよ」

彼女の言う「みんな」の中に、もうあたしは入ってない。

わかってたつもりだけど、今あらためてキミちゃんのことを遠くに感じた。

「藤島先輩を連れ戻すのに、なんでみんなに心配されなくちゃいけないんだよ。後輩として当然のことだろ？」

荻野くんが口を尖《とが》らせる。あたしの呼び方が「七海先輩」から「藤島先輩」に戻っていた。

「でも、ナナ先輩はもう……」一瞬言い澱《よど》んでから、キミちゃんは体にまとわりつく風を振り払うように言葉を吐いた。「部とは関係ない人でしょ」

「そういう言い方すんなよ。お前、いちばん世話になっただろ？　マウスピースの吹き方から譜面の読み方から、ぜんぶ教えてくれたの誰だよ」

荻野くんはそう言ってあたしを庇《かば》ってくれるけど、あたしはそんな立派な人じゃないよ。だってキミちゃんにはまだいろいろ教えてあげなくちゃならなかったのに、ほとんど見捨てるようにして部から飛び出したんだから。

退部したのとほとんど入れ違いだったからあまりよく知らないんだけど、今年ホルンに入った新入生は三人とも経験者らしい。キャリア一年のキミちゃんにとって扱いにくい後輩であることはまちがいないし、彼女自身がこれからよほどの急成長をしないかぎり、来年のコンクールはその三人にイスを奪われてしまう可能性が高い。だから、立場は辞める前のあたし以上に苦しいはずだ。いまさらだけど、悪いことをしたと思う。あたしが人間的に出来た先輩だったら、コンクール出場を賭《か》けた競争で三年生が二年生に負ける前例を今年のうちに作っておいて、来年同じ状況に置かれる彼女の気持ちをいくらかでも楽にしてあげられたんだけど。

「冷たいんじゃないの？　君原《きみはら》ってさ」

荻野くんに言われて、キミちゃんは唇を落花生型にゆがめた。

「だって……」

「恩とか感じないのかよ。先輩が辞めるって言ったら止めもしないでハイサヨナラでいいの？」

「そうじゃないけど……」

キミちゃんは言葉に詰まってしまった。助け船を出してあげたいけど、渦中の人物であるあたしが口を挟むのは筋がちがうだろう。

「なあ、邪魔するつもりで来たんなら帰れよ」

とげとげしい声で突き放す荻野くんを、「やだ」と言ってキミちゃんが睨み返す。

気づかぬうちに大きく傾いていた太陽が、二人の硬い横顔を橙《だいだい》色に染めている。おでこに浮かんだ汗を拭《ふ》くような心の余裕は、どっちにもない。もちろんあたしにも。

「お前がここにいて、どうするつもりなんだよ」

「荻野くんこそ、どうするつもりだったの？　ナナ先輩とさっきの続き？」

「ちがう！　ちがうよ。うん、ちがう」顔がボワッと熱くなるのを感じながら、あたしは咄嗟《とっさ》に口を挟んだ。「何もしてないから。ほんと、何もなかった。あのー、荻野くんの説得につい力が入って揺さぶられただけのことで、二人とも何もしてないから」

否定すればするほど、なぜか後ろめたい気持ちになっていく。

両腕を摑まれたとき、あたしは抵抗できなかった。いや、ゴンが脚を嗅いでいることがわかるくらいの冷静さはあったのだから、あえて抵抗しなかったといったほうがいいだろう。だから、あのタイミングでキミちゃんがいるのに気づかなかったら、あたしは驚き戸惑いながらも成り行きに身をまかせていたのかもしれない。

あたしは、荻野くんのことが好きなんだろうか。

わからない。彼のことは「人懐っこいくせにあたしの地位を脅かす困った後輩」として、あくまでも先輩の目で見てきたつもりだったけど、視線の中にはそれ以外に特別な感情も含まれていたのだろうか。でもそういう気持ちが少しでもあったんなら、部活辞めてたかな？　いや、辞めたあとのほうがむしろ荻野くんと二人だけでいる時間は長かったし、通って来られることに迷惑顔はしてみせても、無視したり強い言葉で追い返すようなことは一度もしなかった。だから、吹奏楽部一のモテ男を独占している自分にうっとりしてなかったかというと、やっぱりちょっとは鼻を高くしてた気がする。そうはいっても、彼と付き合うという選択肢が頭にあったかというと……。

考えがまとまらない。なんだか、自分がどうしたかったのか、そしてこれからどうしたいのか、よくわからなくなってきた。なんだかもう、宙ぶらりんだ。

「とにかく、君原は先に部活に戻ってろよ」

追及をかわそうと、荻野くんは強引に話を打ち切ろうとした。

「やだよ。帰らない」いつもの遠慮がちな態度を海かどこかに投げ捨てて、キミちゃんは思いつめた表情で食い下がった。「答えてくれないなら逆に聞くけど、荻野くんはどうしてナナ先輩のことばかりこだわるの？」

「何言ってんだよ」

荻野くんが視線を逸らす。あたしはというと、ただただその場に固まっていた。

キミちゃんが続ける。

「もう三週間だよ？　辞めちゃった人のことはあきらめて、ちゃんと練習出てきてよ」

荻野くんの鼻の頭に皺《しわ》が寄った。

「なに指図してんだよ。お前には関係ないだろ」

「関係あるよ！」キミちゃんが突然放った大きな声に、荻野くんもあたしもおもわず息を呑《の》んだ。「関係あるよ。荻野くんがナナ先輩のところに何しに行ってるのか、気になって気になって仕方がないの。私なんてほかの人以上に練習しなくちゃいけないのに、何も手につかないから先輩たちに怒られっぱなしで、それでもやっぱり心配しちゃうんだよ。私は地味だし楽器も下手だから荻野くんにとっては空気みたいなものかもしれないけど、私にとって荻野くんはそうじゃない。私もいるって知ってよ。私だって、荻野くんのとなりにずっといたんだよ」

ひと息に言い切ったあとで自分の発言の重大さに気づいてしまったようで、キミちゃんの頬はどんどん赤くなっていった。

呼吸の仕方を忘れてしまいそうなほど、長い沈黙。

なんて答えていいかわからないみたいで、荻野くんは口を開きかけてはまた閉じるということを繰り返している。

四角い翼を広げ、トビがあたしたちの頭の上をくるくる回る。

足元の砂に目を落として、キミちゃんが続けた。

「ホルンが下手だと、好きになっちゃいけない？」眼鏡の下で、目に涙が溜《た》まっていく。

「私が一年間続けてこられたのは、荻野くんがいたからだよ。追いつくのが無理なのは最初からわかってたけど、せめて足を引っぱらないくらいにはなりたいって、ずっと頑張ってきたんだよ。ぜんぜん気づいてなかったでしょ。前に荻野くん、『うまくなったじゃん』って言ってくれたんだけど、そんなこと忘れちゃってるよね？　私は憶《おぼ》えてるよ。すごくうれしかったから」

キミちゃんの丸い目からこぼれ落ちた涙が、玉になって頬《ほ》っぺたを伝う。

ゴンがおもむろにキミちゃんの足元に歩み寄り、膝《ひざ》やふくらはぎに鼻先を這《は》わせはじめた。いったい何が気になるのか、警察犬のような熱心さで鼻を鳴らしている。場違いこの上ない仕草に飼い主として居たたまれなくなってリードを引っぱってみたけど、ゴンは四肢を踏んばってキミちゃんの足元から離れようとしない。ひょっとしたら、なぐさめようとしてるのか？

「おれだって、憶えてるよ」

ちょっとかすれた、うわずった声が聞こえた。荻野くんが、キミちゃんの首もとあたりに視線をさまよわせている。

「え？」

弾《はじ》かれたように顔を上げた相手に、荻野くんは早口で答えた。

「冬休みの頃だろ？　パート練が始まる前。教室から音が聴こえてきて、高橋先輩か藤島先輩だろうと思ったら君原だったから、本気でびっくりしたんだよ」

感極まったらしくて、キミちゃんは肩を震わせてぐすんぐすんと泣きだしてしまった。

キミちゃんの足元から離れたかと思うと、ゴンはトコトコと元の位置に戻って、今度はこっちの顔を見上げた。夕陽の中で見る柴犬《しばいぬ》の目は栗色で、濡《ぬ》れてつやつやと光っている。波の音がふいに大きく聴こえて、あたしは自分が海辺にいることを思い出した。

ゴンとにらめっこしながら、ボコボコと茹《ゆ》だった頭を冷やそうとこっそり深呼吸する。

キミちゃんは内気で物静かな子なので、荻野くんのことをそんなふうに想っていたとはぜんぜん気づかなかった。彼があたしの地元まで通っていると知って、キミちゃんは毎日居ても立ってもいられない気持ちだっただろう。こっちに非があるとは思わないけど、睨《にら》まれるのも仕方のないことかもしれない。

そこまで考えて、ふと気づいた。ついさっきまで思いがけず青春全開な展開の真っ只《ただ》中《なか》にいたのに、あたしは今やすっかり通りすがりのおばちゃん視線だ。若い二人が繰り広げるメロドラマを、固唾《かたず》を呑んで観察している。

繰り返ししゃくり上げながら、キミちゃんが荻野くんに言った。

「ねえ、戻ろ、吹奏楽部に。急げば全体練には間に合うよ。みんな待ってるから」

「……ああ、うん」

あたしの顔色を窺《うかが》うことなく、荻野くんは呼びかけに従って足を踏み出した。

おいおい、なんなんだよもう。三週間も足しげくあたしのとこに通ってきては「部に

戻ってきてくださいよ」って懇願してたのはなんだったんだ。なにが「部活つまんない

よ。やる気出ないよ」だ。キミちゃんの涙にあっさりやる気を取り戻しやがって。人の

ことときつく抱きしめておいて――あの状況で両腕を摑《つか》むことは「抱きしめる」と同じ意

味だ。少なくともあたしにとっては――、別の女の子に告白されたら即断で乗り換える

のか、荻野という男は。

砂浜を遠ざかっていく二人を見送りながら、ゴンがもう一度耳の後ろを掻《か》く。

三十歩ばかり遠ざかったところで、キミちゃんがこっちを振り向いた。

小さく、ひどく申し訳なさそうに会釈する。そんな、あたしに気を遣う必要なんてぜ

んぜんないよ。荻野くんのことなんか、初めからなんとも思ってなかったんだから。

……ほんとに、初めからなんとも思ってなかったのかな？　いやいや、誰があんな尻《しり》

軽《がる》男を好きになるものか。うん、なってないなってない。問題は、あたしよりキミちゃ

んの方だよ。何はともあれ好きな男の子を捕獲できたのはよかったと思うけど、荻野く

んとうまくやってけるかなあ。子供子供してる子だからちょっと心配だ。

なんだか体の内側に老婆心と、今日のうちに発散しておきたいタイプの憤懣《ふんまん》が溜まっ

てきた。

二人が充分に離れたところで、あたしは声を波音にまぎれさせた。

「おーいキミちゃん、しっかり繫《つな》ぎとめておきなよ。荻野くんて女の子の押しには異常

に弱いみたいだから」

もちろんこっちの声が聞こえるはずもなく、砂上を歩く二人の姿は小さくなっていく。ゴンが、「なに言ってるの?」という顔であたしを見上げた。なんでもないよ。

「それから荻野くん、キミちゃんを泣かせたらいかんよ。くれぐれも、ほかの女のことを抱きしめたりしないように」

言葉はしばらくあたしの口元にまとわりつき、それから風に散っていった。言ってすっきりするかと思ったけど、かえって敗北感みたいなものが背中にまとわりついてきた。今のって負け惜しみだったのか? あたし、べつにあんたたちの恋愛ゲームに参加してたつもりはないんだけどなあ。

海からの風が髪をぐしゃぐしゃと乱暴に撫《な》で、ついでにマナーポーチを煽《あお》っていく。あたしはなんとなく、ゴンを見下ろした。

「いいよなあ、犬は。気楽で」

そんな嫌みを言ったところで、もちろん犬に通じるわけもない。

風の音と波の音はやむことがない。でも、静かだ。洟《はな》を啜《すす》ったら、その音がいやに大きく聞こえた。

なんでこんなに静かなんだろう。ああ、人の声が聞こえなくなったからか。

口さびしい、という言い方は変だけど、さっきの捨て台詞《ぜりふ》を最後に黙っているのはなんか気持ちが悪い。だからあたしは、通じないのを承知で足元の柴犬にひと言ふた言話しかけてみた。

わん！

ゴンが、まるで返事をするようにひとつ吠《ほ》えた。

犬は斜めうしろを振り返って、それから物言いたげな目であたしを見上げて、また海上の一点を振り返る。この海岸の、北の端からだいたい三分の一あたりの沖。やっぱりそこなのかと思ったら、ついうっかり笑ってしまった。

「そんなに気になるんだったら、ボートでも借りてそこまで連れてってあげようか。ただ、受験が終わるまでは無理だから、来年の夏ごろか。お前、海に出てもおとなしく乗ってられるかなあ」

せっかく教えてやったのに、ゴンはなぜかキョロキョロと周りを見回している。うん、これはちっとも理解してないな。

元の方向に向き直ると、キミちゃんと荻野くんの姿はもう見えなくなっていた。駅に続く短いトンネルへと折れていったらしい。まあ、達者でやってくれ。なんだか泣きたい気分だけど、君たちのために涙を流すのは不本意だからやめとく。

とにかくこれでもう、良くも悪くも吹奏楽部への未練は断ち切れたかな。どうせ荻野くんはもうここには来ないだろうから、戻るきっかけもなくなったし。

だから嫌みじゃなく、二人ともありがとう。あたしの背中を押してくれて。というか、蹴《け》り飛ばしてくれて。

潮風を鼻から吸って、胸の中いっぱいに溜めて、モヤモヤと一緒に口から吐き出す。

家に帰ったらゴンの飲み水を取り替えてやって、餌をやって、手を洗って着替えたら風呂《ふろ》掃除だ。そのあとは、しょうがない、受験勉強というやつでもするか。

「行くよ、ゴン」

あたしが声をかけると、ゴンは尻尾《しっぽ》を二、三度パタパタと振ってから歩きだした。

＊

まだ梅雨入り前だというのに、今日は馬鹿に暑い。

アタシの前を歩くナナちゃんが、ふうふう言いながら毛のない前肢《あし》でときおり額をこすっている。今年も、人間が汗とかいうしょっぱい水を体からたれ流す季節がやってきた。体が濡れてしまって人間には不快だろうが、年中毛皮を着ているアタシら犬にとってはそれ以上に耐えがたい。

それなのにナナちゃんは、今日も日陰のいっさいないこの浜辺にアタシを連れてきた。たしかに昔はうれしかったさ。広々として気持ちがいいし、アスファルトとちがって歩いても肉球は痛くならないし、寄せては返す波は最高の遊び道具だった。それはもう、走らずにはいられないほど興奮したもんだ。

でもね、アタシももうジイさんなんだよ。フジシマ家に貰《もら》われてきたときはそりゃ赤ん坊だったけれど、今やオトウサンさんよりも年嵩《としかさ》だ。暑い日のひなたはとにかく身にこたえるし、砂の上というのも踏ん張りがきかなくて歩きにくいったらない。それにこの西日。まったく、眩《まぶ》しいのなんの。ただでさえ老眼で物が見えにくくなっているところに、このキラキラはたまったもんじゃない。

ナナちゃんはそりゃ平気だろうさ、若いんだから。いや、こうして毎日のように夕方の散歩に付き合ってくれるのはありがたいがね。

いつ頃からだろうか。この子がランドセルを背負わなくなったあたりか。それまで学校の行き帰りに欠かさずアタシの頭を撫でていったのが素通りするようになり、朝晩顔を合わせればきまって不機嫌で、そのうち些細《ささい》なことでオカアサンさんと吠えあうようにまでなった。あのときはずいぶん気を揉《も》んだなあ。

当時はこっちもまだ無知で血の気も多かったもんだから、ナナちゃんがあの制服とかいうやつを着るようになったのがすべての元凶だと思い込んじまったんだね。スカートに嚙《か》みついてやったらまあ、ひっぱたかれるの蹴られるの。しばらくは夜も玄関の中に入れてもらえなくて、あれはずいぶんとこたえた。

何年かして、制服の胸元の飾りがスカーフからネクタイとかいうやつに変わっても、ナナちゃんのつれない態度は変わらなかった。お天道様が顔を出したかどうかのうちに家を出て、お天道様が沈んでだいぶ経ってから帰ってくる日がずっと続いた。忙しいナナちゃんはもう、アタシには目もくれなくなっていた。

昔のようにじゃれあうことはもう二度とないのだろうとすっかりあきらめていたけれど、ナナちゃんはどうやら最近になって部活とかいう好ましくない群れとは手を切ったようで、この頃はまた散歩に連れ出してくれるようになった。本人はオカアサンさんに命令されて嫌々やっているのかもしれないけれど、理由はどうあれこっちはうれしいよ。欲をいえば、もう少し日陰の多い道を選んでくれるともっとうれしいんだが。

しかしこうして並んで歩いていると、なんだか昔を思い出すね。今でこそずいぶんと差がついたけれど、ひと頃までアタシとナナちゃんはほとんど同じ大きさで、まるで姉《きょう》弟《だい》みたいにいつもじゃれあっていたものだ。それがいつの間にか、歳の上では叔父《おじ》と姪《めい》のような間柄になっていて、今やどう見てもジイさんと孫娘だ。不思議だね、人間はどうしてこうもゆっくり歳をとるのだろう。

〈八十年は生きるらしいわよ。飽きないのかしらね〉

そう言ったのは、となりのサカイ家に通っていたミイというメスの白猫だ。

あの皮肉屋が死んで、もう一年が過ぎた。最初に見つけたのはアタシとオカアサンさんで、散歩の途中で現場を通りかかったのだ。クルマに轢《ひ》かれたらしく、そのときはすでに息絶えていた。一年といえばずいぶんと昔のことだけれど、八十年生きるサカイ家の人たちにとってはきっとついこの間の出来事なのだろう。

ミイはアタシよりだいぶ年下で、死んだときはだいたい七歳くらいだったらしい。本人も自分の歳はよくわからないと言っていたが、いつだったか、うちのオカアサンさんとサカイさんのオクサンさんがそんなようなことを話していたのを憶《おぼ》えている。半ノラにしてはまずまず長生きの方ではあったけれど、あのむごい死に方はいま思い出してもやりきれなくなる。

猫の奴に思いを馳《は》せていたら、波にまぎれてあの音がかすかに聴こえてきた。

ミイにはいったん頭の隅で丸まってもらい、歩みを止めて音のする方向に耳を向ける。

「うおっと！」

先を歩いていたナナちゃんがのけ反って、その場で足踏みした。アタシがここで立ち止まるのはいつものことなんだから、この子にもそろそろ学習してもらいたいものだ。毎度毎度、リードが張って苦しいんだよ。

小さい音だ。夜中に二階の部屋から聞こえてくるナナちゃんの歯軋《はぎし》りよりも、はるかに遠くて小さい。だけど、たしかに海から聴こえてくる。

「またですか」

ナナちゃんがあきれ顔で呟《つぶや》く。ええ、またですよ。どうにも気になるんですよ。

八十年も生きるほど丈夫なくせに、人間はどうしようもなく耳が遠い。また、鼻もまったくといっていいほどきかない。それればかりか、声に出さないと会話もできないときている。耳と鼻を塞《ふさ》がれたような状態では不便で仕方ないだろうと思うんだが、ミイに言わせると〈でかけりゃ多少鈍くても平気なのよ〉だそうだ。そう言うミイは生まれて間もなく罹《かか》った病気のために、右の耳がまったく聞こえていなかった。そのせいで、走ってくるクルマに気づくのが遅れたのかもしれない。

猫という生き物はたいてい変わり者と相場が決まっているけれど、あの白猫はとりわけ変わった奴だった。初対面のくせに小屋のそばまで歩み寄ってきて、こっちが唸《うな》っても跳びかかるふりをしてもすました顔で寝そべっていた。あとで聞いたところによると、小屋の前にちょうどいいひなたがあって、いかにも寝心地がよさそうだったんだと。

「ほら、行くよ。急いでんだから」

ナナちゃんに引っぱられて、アタシはしぶしぶ歩きだした。

それにしても今日は暑い。もう夕方だってのに歩くだけで舌が出る。この蒸し暑さにナナちゃんはご機嫌ななめのようで、リードを引く手に気づかいが感じられない。

首輪を嵌《は》められて紐《ひも》で引かれるアタシを、ミイはよく〈市中引き回し〉とからかったものだ。そういうむずかしい言葉は、サカイ家に上がり込んでバアさんと一緒に見るテレビの時代劇で覚えたものらしい。〈たとえ二食昼寝つきでも、家に閉じ込められてちゃあ生きてる甲斐《かい》がござんせんぜ〉

その言葉どおり、ミイはサカイ家の人たちからかわいがられながらも飼い猫になることを潔しとせず、腹が減ったときだけやってくるという気ままな立場を生涯貫いた。その生き方が賢明だったのか愚かだったのかは、「二食昼寝つき」の生活しか知らないアタシが評価できることではない。なにせミイに言わせればアタシなんぞ、〈夜になれば黙ってても玄関の中に入れてもらえる甘ったれ〉にすぎないんだから。

そんな皮肉屋の半ノラのくせに、ミイにはやたらと社交的で、こちらの懐に平気で飛び込んでくるような一面があった。とりわけ春先は、その傾向が強くなる。胸をくすぐられるような、それでいて気だるくなるような、ほかに喩《たと》えようのない不思議な匂いを撒《ま》き散らしながら、ミイはアタシの体に背中をこすりつけてくるのだ。

盛りのついた猫というものをどう扱うべきかと考えあぐねていると、相手は〈うふーん〉だの〈あはーん〉だのと甘ったるい声を発しながら仰向けに寝転んで、白く柔らかそうな喉《のど》や腹をこちらの鼻先に晒《さら》す。それはそれは、あられもない姿だった。

〈ちょっと箍《たが》が外れるだけよ。誰が犬なんかと〉と、恋の季節が終わるたびにミイはいやにとりすました顔で語ったものだが、事実そのとおりなのだろう。種の壁を乗り越える情熱と覚悟などあの気まぐれにあったはずがないし、アタシにだってなかった。

正直に告白すると、アタシはあの匂いがそんなに嫌いじゃあなかった。いや、嫌いじゃないどころか抗しがたい魅力さえ覚えていた。とりわけ若い時分は、ほかの犬や猫の目がない瞬間を見計らってはミイの尻尾の付け根にさりげなく鼻を寄せ、「なるほど」などととってつけたような独り言を口にしていたものだ。やはり同じ毛皮族、メス犬が発するそれとどこか通ずるものがあったのだろう。いや、犬のそれの方がはるかになまめかしくて繊細微妙だがね。

なんだか、ミイの顔が見たくなってきたな。あとどのくらい待てば会えるだろう。半年か、一年か。ただ、あいつのことだから再会したところでニコリともせずに、〈すっかりジイさんになっちゃって〉なんて憎まれ口を叩《たた》きそうだな。

そんなことに思いを巡らせているうちに、下腹の方が催してきた。

腹の中にあったものを体が求めるままに砂の上に配置し、後ろ肢《あし》で砂をかける。おかしいのはここからだ。せっかく隠したものを、ナナちゃんは毎度律儀に拾って袋に入れるのだ。今日もそうだ。なぜわざわざそんなものを持ち帰るのか、アタシはときどき人間のやることがわからなくなる。〈それがマナーなのよ〉とミイが言っていたが、「マナー」の意味は彼女もわかっていなかったようだ。おそらく、人間にしかない習性のようなものなのだろう。

腹をすっきりさせ、さあまた歩こうかというところで、海岸道路の方からあの匂いが漂ってきた。

「フジシマせんぱーい!」

ああ、来やがった。むせかえるようなオスの匂いをぷんぷんさせて、オギノクンとかいう奴がやってきやがった。

つい、くしゃみが出る。同時に、胸に重い痛みが走った。最近はいつもこうだ。ちょっとしたことで体のどこかが痛くなる。

この交尾したがりの若造は駆け寄ってくるなり、いつもの甘えた声でナナちゃんに盛んに話しかけた。まったく、聞いてるだけで耳の後ろが痒《かゆ》くなる。

「よう、ゴン」

オギノクンはやおらアタシに近づき、頭を撫《な》でてきた。うへえ、やめてくれ。若いオスの発情臭を間近で嗅《か》がされるこっちの身にもなってみろ。

盛りのついた若造は、立ち上がると今度は矢継ぎ早にナナちゃんに言葉を浴びせ、になじり寄っていった。話の内容は、「部活に戻ってこい」というものやつだ。もう縁を切ったのだからきっぱりと断ればいいものを、何か弱みでも握られているのか、ナナちゃんはろくに言い返しもせず毎度たじたじになる。これも「マナー」というやつか？

胸の痛みがなかなか退《ひ》かないので、アタシは砂の上にそっと座った。ちらりと振り返ったナナちゃんが、なぜか咎《とが》めるような視線をこちらに注ぐ。

「ナナミ先輩がいないと、部活つまんないよ。やる気出ないよ」

オギノクンは相手の言葉を遮るように言うと、ナナちゃんの前肢に自分の前肢を掛けた。ナナちゃんの体が、魚泥棒の現場を発見された猫のように固まった。ただ、猫ならすぐさま硬直を解いて逃げるところだが、ナナちゃんは動かない。

ん？

何か奇妙な気配を鼻に感じて、アタシはおもむろに立ち上がった。ナナちゃんの後ろ肢を嗅いでみる。

驚いた。ナナちゃんの体から、春先のミィに似た匂いが立ち昇っている。こんなこと初めてじゃないか？

あの幼いナナちゃんがと思うと簡単には信じられなくて、なおもしつこく嗅ぐ。やはりこの香りは、その徴《きざし》だ。

そうか。子供だ子供だと思っていたけれど、ナナちゃんももうそんな歳になったのか。なるほどアタシがジィさんになるわけだ。いや、この子もオカアサンさんとほとんど変わらないほど体は大きくなっているのだから、とうに大人になっていて当然なのかもしれないが。

「あ、キミチャーン」

ナナちゃんは突然そう叫び、オギノクンを突き飛ばした。反動で体が後ろに下がり、迫ってきたふくらはぎに鼻をしたたか打ちつけてアタシは悶絶《もんぜつ》した。胸の痛みがどこかへ吹き飛ぶ。

強い匂いがもうひとつ、海岸道路から近づいてきた。これは嗅ぎ覚えがある。姿は一度も見たことがなかったものの、何日も前から家の周りや散歩道をこの匂いと足音がたびたびうろついていたからだ。そうか、これが正体か。もっと成熟した人間のメスを想像していたけれど、ナナちゃんと同じくらいの年恰好《かっこう》の子供じゃないか。

「あー、キミチャン、久しぶり」

ナナちゃんがこわごわ声をかけたが、キミチャンと呼ばれたメスは鋭い声で「何してるんですか?」と返しただけだった。

おっかないなあ。ナナちゃんは気づいていないようだけど、これは戦いを覚悟した生き物の気配だよ。このメスがオギノクン相手に盛っていることは、匂いだけでわかる。

ひと吠《ほ》えでナナちゃんを制した彼女は、「部活はどうしたんだよ」といぶかるオギノクンに「そっちこそ」と拗《す》ねてみせた。人間の耳でははっきりとは区別がつかないかもしれないけれど、このメスは見事なくらい巧みに声色を使い分けている。

お互いの出方を窺《うかが》うキミチャンとオギノクンのおかげで、あたりの空気がまたたく間に張りつめてきた。耐えかねたナナちゃんが、二人のご機嫌をとろうとする。

「あのね、あのね、この海岸、秋になると流鏑馬《やぶさめ》やるんだよ。馬がドドドッて走って、乗ってる人が的にビシッて矢を打つの。けっこう迫力あるよ。見たことある？」

キミチャンもオギノクンも、見向きもしない。

いや、無理だよナナちゃん。駆け引きじゃキミチャンに勝てっこない。だってほらこの匂い、あきらかに酸いも甘いも嚙《か》み分けた大人のそれだもの。

ナナちゃんのことはあらかた無視して徐々に声の調子を強めていったキミチャンは、オギノクンの「お前には関係ないだろ」の言葉をきっかけに一気に勝負に出た。

「関係あるよ！」

そのひと言で、その場の何もかもがすっかりキミチャンのものになってしまった。二人の視線を一身に集めて、おのれの来し方をケレン味たっぷりに語る。どうだい、この顔に似合わぬ堂々とした物腰は。

足元で鼻を鳴らすアタシのことなど気にも留めず、キミチャンは器用なことに涙まで流し、メスの匂いをたっぷりと振り撒きながらオギノクンを取り込みにかかっている。たいしたものだけど、アタシはちょっと苦手だね。そういえば生前のミイも、この子のようにおとなしそうに見えて抜け目がないメスは遠ざけていたものだ。

〈虫も殺さぬような顔してるけど、ハトでもカラスでもなんなく仕留めるのよ、こういう手合いは。まったく、こっちの調子が狂うわよ〉

　ミイならきっと、こんなふうにキミチャンを評しただろう。

　ナナちゃんはそのあたりをちゃんとわかっているのだろうかと様子を窺ってみたら、ちょうどこの子もアタシを見下ろしたところだった。すっかり雰囲気に呑《の》まれているようで、暑さにのぼせたような目をしている。うん、これはちっとも理解してないな。

「ねえ、戻ろ、吹奏楽部に。急げば全体練には間に合うよ。みんな待ってるから」

　キミチャンが誘いをかけると、オギノクンは「ああ、うん」と素直に従った。ついさっきまでナナちゃんに向かっていた興味が、いまや完全にキミチャンに移っている。まったく、その節操のなさには耳の後ろが痒くなる。

　しょせんオギノクンはただの交尾したがりだから、ナナちゃんでもキミチャンでも、相手はどっちでもよかったのだろう。ならば、あきらかに自分に盛っているキミチャンを選ぶのは、オスとして正しい判断だといえなくもない。その場当たり的で勢いまかせの若さは、枯れたジイさんには少しばかりうらやましくも思える。でも、男ならナナちゃんの気持ちというやつも考えてやってほしかった。まあ、そこまで考えの及ばない尻《しり》の軽さと薄情ぶりが、若造の若造たる所以《ゆえん》なのだろうが。

キミチャンが途中で一度頭を下げたきり、二人はろくに振り向きもせず遠ざかっていく。盛りのついた同士、せいぜい仲良くやってくれ。ただし、ナナちゃんのことはもう巻き込んでくれるな。この子はまだ子供なんだよ。

ナナちゃんが、ずびっと洟《はな》を啜《すす》った。鼻水が流れ出ないように顔を心もち上に向け、もうすっかり小さくなった二人に囁《ささや》くように告げた。

「おーいキミチャン、しっかり繋《つな》ぎとめておきなよ。オギノクンて女の子の押しには異常に弱いみたいだから」

ナナちゃん、そのくらいの声の大きさじゃ、あの二人の耳には届かないよ。

「それからオギノクン、キミチャンを泣かせたらいかんよ。くれぐれも、ほかの女のことを抱きしめたりしないように」

案外、承知の上で小声にしたのかもしれないな。

ナナちゃんが、こちらを見下ろした。

「いいよなあ、犬は。気楽で」

そうでもないんだけどね。

黙って見上げていると、ナナちゃんはこちらの目を見つめたまま、小さな小さな、犬のアタシでも聞こえるかどうかの声を漏らした。

「これであたし、学校の中でまともに会話できる相手がいなくなっちゃったよ。今日なんか、学校で三回しか人と口きかなかったもん。『おはよう』と、『うん、いいよ』と、『じゃあね』。たったそれだけ」

これまで耳にしたことのない、心細げな声だった。

声はさらに小さくなる。

「今のあたし、どう見てもまずいよね。部活ばっかりの生活だったから、それ以外の友達との接し方忘れちゃってたよ。クラスの子たちとはなんかノリがちがうし、部活の人には話しかけにくいし、完全に宙ぶらりん。前にも進めないし、元の場所にも戻れない」

アタシはこんなとき、人間がこちらの言葉を聞き取れないことに歯がゆさを覚える。味方があんたの足元にいますよと、はっきりわかるように伝えてやりたいんだがなあ。

空を滑るトビの奴が、甲高い声で「やーい、ワン公」とからかってくる。黙ってろ。

「これからずっと、一人なのかなあ。そんなの耐えてく自信ないよ」

いや、ナナちゃんね、これからずっとということはないと思うよ。なにせあんたたちは八十年も生きるんだから。それに、今の部活や学校がすべてじゃないだろう。アタシは知ってるんだ。来年になったらナナちゃんはジュケンとかいう奴と戦って、勝てばまた別の学校に通うんだろ？　そうしたらまたすぐに新しい友達ができるさ。案外、生涯の友というのはある日ひょっこり現れるもんだよ。ミイがそうだったように。

あれはたしか、ミイが事故に遭う二、三日前のことだったと思う。その日は季節が逆戻りしたような冷たい雨が朝から降り続いていて、アタシは日がな一日小屋の中に引きこもっていた。

　ミイがやってきたのは昼下がりだ。何もかも暗く沈んだ景色の中、彼女の白い毛並みはほのかに発光しているように見えた。

〈そこ、入れてよ〉

　当然の権利のようにそう言うと、ミイはアタシの体を押しのけるようにしてわずかな隙間にもぐり込んできた。

　もともと遠慮を知らない奴ではあったけれど、そんなことはさすがに初めてだった。いま思えば、彼女には何か予感めいたものがあったのかもしれない。

　窮屈な小屋の中で器用に体を反転させ、ミイはアタシの顎《あご》の下からひょっこり顔を出した。

〈犬くさい小屋ね〉

　そう憎まれ口を叩《たた》いたものの、さほど機嫌をそこねていないのは口調から読み取れた。むしろこちらの方が、胸にくっついたミイの濡《ぬ》れそぼった体をわずらわしく思っていたくらいだ。猫に負けず劣らず、アタシら柴犬《しばいぬ》は水に濡れるのが苦手なのだ。だが同時に、猫よりはるかに我慢強くもある。それに、下手なことを口にして引っ掻《か》かれるよりは堪えたほうが得策だと判断できる頭のよさも備えている。そういうわけでアタシは何も言わずに黙っていた。まあ、それではミイの思うつぼなのだが。

ずいぶん長いこと、アタシたちは小屋の入り口に顔を並べてぼんやり雨だれを数えていた。ミイの薄く尖《とが》った耳が顎に当たってくすぐったかったのを、今でもよく憶《おぼ》えている。

〈悪くないわね〉

小屋の屋根を叩く雨音の中、ミイがそう呟《つぶや》いた。

「何がだい？」

アタシは意味がわからずそう尋ねた。

〈こんな日に誰かがそばにいることがよ〉

「いやいや、サカイさんちは夕方まで留守だろう？」

〈……あんたらしいわ〉

彼女は嘆息し、それきりずっと黙って雨を見ていた。ミイよ、鈍いアタシを許しておくれ。

ミイと言葉を交わしたのは、それが最後だったか。それとも、翌日以降も一、二度挨《あい》拶《さつ》くらいは交わしたのだったか。ミイがいる毎日がずっと続くと思っていたものだから、そのあたりははっきりとは記憶していない。

あの日のミイがどんな気持ちでいたか、今ならいくらか想像がつく。寄り添える相手が欲しかったのだ。超然としていた奴だけど、それでもひとりでいたくないときはあったのだろう。気がきかなくて申し訳なかったが、アタシをその「誰か」に選んでくれたのはありがたいと思う。ミイ、アタシもあの日、誰かがそばにいて悪くない気分だったよ。

彼女が死んでからというもの、アタシには友達と呼べる友達はいない。ナナちゃんをはじめフジシマ家の人たちのことはもちろん慕っているが、彼らは友達というよりはやはり主《あるじ》だ。

しかし友達がいなくてさびしいかというと、案外そうでもない。ミイとの思い出がたっぷりあるし、もう先が見えているのにまた誰かと一から友情を築くというのも億劫《おっくう》な話だ。生涯の友は、ミイだけでいい。

ただ、ナナちゃんはそうはいかないだろう。この子はまだ若いし、長い生涯を過ごすには誰か寄り添える相手が必要だ。でも、焦ることはない。アタシにミイがいたように、ナナちゃんにもそのうちきっといい友達ができるはずだ。いやまあ、ミイが聞いたら、〈あんたとはべつに友達じゃない〉なんてにべもなく否定しそうだけれど。

ともかく、キミチャンやオギノクンよりはもう少し筋のいいオスやメスが人間の世界にもいて、ある日前ぶれもなしに目の前に現れるはずだよ。ただ、友達といるのが楽しすぎてまたアタシの相手をしてくれなくなったら、それはそれでさびしいかもしれないが。

気づけば、キミチャンとオギノクンの姿は海岸道路の下をくぐるトンネルに消えようとしていた。

けるのよ〉

ミイはよく、あの天井の低いトンネルについてそう語っていた。砂除《よ》けの葦簀《よしず》が日除け代わりになって夏でもひんやりとしている上に、海水浴客が食べ残しを置いていってくれるので、サカイ家が何日旅行しようが食いっぱぐれがないそうだ。

ああ、思い出した。

海の底から聴こえるあのカチャン、チャリンという音について、ミイも何度か口にしていたな。あいつは右耳こそ聞こえていなかったけれど、残された左耳の聴力はアタシら犬にも劣らぬものがあった。

〈小判の音ね、あれは〉

彼女が言うには、テレビの時代劇であれとそっくりな音を何度か聞いたことがあったらしい。

〈義賊っていう連中が金持ちの蔵から盗むのよ、でかい箱ごとね。サカイのバアさんが言ってたわよ、『あんなにお金があったら、ミイちゃんにも毎日生タイプのごはんをご馳走《ちそう》してあげられるんだけどねえ』って〉

日夜高級キャットフードが供される食生活を夢想し、ミイはとろけそうな顔つきで喉《のど》を鳴らしたものだ。

出入りの半ノラに毎日贅沢《ぜいたく》させてもなお尽きることのない財力というのは、スケールが大きすぎてアタシの想像の及ぶところではない。なんにせよ、とてつもなく豊かということだけはまちがいないだろう。

そうだ！

「なあ、ナナちゃん！」

アタシが声に出して呼びかけると、ナナちゃんは少したじろいだ様子を見せた。あまり何度も吠《ほ》えると叱られるから、沖とナナちゃんの顔を交互に見比べ、思うところを目で訴える。

にらめっこと首の運動を根気よく繰り返していると、言わんとしていることがようやく相手に伝わった。

「そんなに気になるんだったら、ボートでも借りてそこまで連れてってあげようか。ただ、受験が終わるまでは無理だから、来年の夏ごろか。お前、海に出てもおとなしく乗ってられるかなあ」

そう言って、ナナちゃんがくしゃっとした笑顔を浮かべた。

間に合うかしらね

ミイの、鼻で笑うような声が聴こえた気がした。おもわずあたりを見回すが、あの生意気な白猫の姿はどこにもない。

「行くよ、ゴン」

ナナちゃんに促され、アタシはまた歩きだした。

そうか、来年の夏か。たしかに、間に合うかどうか微妙なところだな。なにせアタシ最近、昼でも夜でも胸のあたりがひどく痛むんだ。たぶんこれ、治らないね。

いや、そう悲しくはないよ。もうずいぶん長いこと生きたし、ミイという友達にも恵まれた。それに、フジシマ家の人たちには本当によくしてもらった。おやつのささみジャーキーをご馳走してくれる機会がもう少し多ければ、なおよかったけれど。

アタシたちは砂浜から離れ、ミイが夏の稼ぎ場にしていたトンネルをくぐった。波音が嘘のように遠ざかり、ナナちゃんの呟きもぴたりと止まる。

ふと思いついて、ナナちゃんの肢《あし》を後ろからそっと嗅《か》いでみた。思ったとおり、あの匂いがほとんど消えている。やっぱりこの子は、まだまだこれからだね。でも、そのうちきっと素敵な大人になって、心細いときに寄り添える相手も見つかるはずだ。なにせ、こんなアタシにもいたんだもの。

坂を上った先を左に折れてしばらく進めば、道の先にやがて我が家が見えてくる。いつもと変わらぬ散歩道。時季はずれの暑さを抜きにすれば、いつもと変わらぬ夕暮れどき。

ナナちゃんにとっては単調な毎日の中の退屈な日課にすぎないんだろうが、アタシはこれから先、明日《あした》の散歩もあさっての散歩も心に刻むことにするよ。だってミイのときは、最後に顔を合わせたのがいつだったかよく憶えていないからね。

あの雨の日にずぶ濡れだったミイの体は、今はサカイ家の庭の隅、日のよく当たる土の下で静かに眠っている。

解説

吉田大助

若き日の加賀まりこが主演した映画『月曜日のユカ』をもじって、『金曜のバカ』。タイトルだけでもう、座布団一枚。たとえが古いか。じゃあ、「いいね！」をワンクリック。

越谷オサムの、初めての短篇集だ。一篇ごとに作風が変わり文体も変わる本書の、ど真ん中に据えられたテーマはたぶん。

バカ。

表題作だけじゃない。全五篇はいずれも、さまざまなタイプのバカが登場し、ここでしか出会えないドラマの数々を読者に突きつける。なるべくネタバレなしで、バカをキーワードに全篇を振り返ってみよう。

第一話「金曜のバカ」。

太宰治の古典「女生徒」を彷彿《ほうふつ》させる一人称文体で、女子高生のけだるい憂鬱《ゆううつ》がデッサンされていく。「金曜って嫌いだ。一週間でいちばん嫌い」。なぜか？「いつもの場所でおじさんが待っている」からだ。「それでも一年以上ずるずる続いてきたのは、はっきりいってお小遣いのため。それがなければ通ってないですよ。あと、終わったあとでシャワー浴びてるときの解放感は、けっこう好きかも」。

え。援助交際？　時代を先取りしていた援交映画『月曜日のユカ』の、越谷オサム版が始まるのか？　ドキドキしながらページをめくると、田舎道で自転車をこぐスカートがめくれ、気が弱そうなオタク風青年にパンツをばっちり目撃されてしまう。視点変換。テレビに向かって激しい悪態をつく、「僕」の語りが始まる。「さしずめこの世の女には、天使とどうしようもないバカの二種類しかいないのだろう。そしておそらく、バカ女の方が圧倒的に多い」。そんなことを言ってのける彼が、さきほどすれ違った自転車少女を「天使」と決め付けた！

青年は田舎道に毎日張り込み、少女との再会を待ち望む。完全ストーカー状態だ。やばい。危ない。だが、息を飲む読者の目の前で展開されていくのは、あまりにも想定外の、バカバカしい大げんか。サスペンスだと思っていたら、バトルものの少年マンガだった、みたいな。こんな裏切られ方、こんなジャンルの変わり方は、いまだかつて経験したことがない。

どっちもどっち。どっちもバカ！　心の中でそうツッコミながら、ふたりから気持ちが離れず応援したくなるのは、どっちも一生懸命だからだなぁ。一生懸命で、純粋ゆえに、視野が狭くなる。その感じは、バカの弱点でもあり、最大の美徳だとも思う。表題作にふさわしい、バカの真髄をえぐる一作だ。

第二話「星とミルクティー」、そして第四話「僕の愉しみ　彼女のたしなみ」。

②は秘密の天体観測スポットの、真っ暗闇の中で出会った少年と少女の話。全篇中、もっともリリカルだ。ラストで輝く、SF（すこし・ふしぎ）趣向も楽しい。④はクラスの気になる女の子をデートに誘った、高校生男子の話。彼は中学の頃、とある失敗で女の子にフラれた経験があった。その理由とは。二度目のデートの首尾は――。

二篇の主人公はいずれも、特別な資質がある。最近は、オタクと表現されることの方が多いのかもしれない。かたや極度の天体オタク＝天体バカ、かたや重度の恐竜オタク＝恐竜バカなのだ。「誰だって、好きな人と好きなものを共有したいという欲求は持っているだろう。音楽だったり映画だったり、自分の好みを相手に勧めて理解を深め合いたいと思うのは自然なことだ」（④）。その「好き」が、音楽や映画だったらいいけれど、もっとマイナーな、男の子っぽすぎる趣味だったらどうすればいい？　形を変えて、二度現れるアンサーはこうだ。バカの理解者は、バカである。言われてみればそうだ！これもまた、ゆるぎなき真実。

第三話「この町」、第五話「ゴンとナナ」の主人公も、ある種のバカさが共有されている。

③の主人公は、高校一年生男子。まるで夏目漱石『坊っちゃん』の主人公が乗り移ったかのように、四国松山をめっぽう嫌ってる。「東京ってやっぱスゲーじゃん」。そんな口癖を周囲にまき散らし、恋人と密《ひそ》かに東京旅行の計画を進めていた。保健の授業では、

避妊の仕方を学習済み。「ということはつまり、『ゴムさえつけりゃヤッてよし』ってことだよね？　学校公認だよね？」。自分は正しい、世界は自分を中心に回っている的なこの感じ、恥ずかしいし、懐かしい。思春期特有の、普遍的なバカ男子像だ。でも、やがて彼は思う。

「おれときたら、自分自身が東京になったかのような根拠のない優越感にひたり、地方に暮らす周りの人間を哀れみ、嗤《わら》ってさえいた。すっげーバカ」

これは少年が自分で、自分はバカだと気付く物語である。

⑤は再びの女性主人公。吹奏楽部に所属していた高校三年生の彼女は、三週間前に部活を辞めた。同じホルンのパートでレギュラーを争う後輩男子に、手加減されているのを知ったからだ。それからずっと、犬の散歩道で、後輩男子にまとわりつかれている。「七海先輩がいないと、部活つまんないよ。やる気出ないよ」。そんな熱い台詞《せりふ》を吐かれて、頭がボーッとなっている。だが、たった数分で、地獄に堕《お》ちる。彼の世界にとって、自分はのけ者になったことを知る。

「これであたし、学校の中でまともに会話できる相手がいなくなっちゃったよ」「これからずっと、一人なのかなあ。そんなの耐えてく自信ないよ」

これまた思春期ならではの、極端な想像力だ。思春期ならではの、絶望的な無能感。彼女の心情にシンクロしてきた読者はきっと、バカだなあと思う。そんな時、あるキャラクターが言葉を紡ぎ出す。

「これからずっとということはないと思うよ。なにせあんたたちは八十年も生きるんだから。それに、今の部活や学校がすべてじゃないだろう」

言ってあげたい言葉を、かわりに言ってもらえた！　その快感が、読者の胸を貫く。そして、そんな言葉を、ずっと自分は言ってもらいたかったのかもしれないと気付く。時にプラスに、でも大抵はマイナスに出てしまう、誰もの胸に宿るバカの部分を、優しく、柔らかく包み込む。この二篇、この「視点」が、本書のラストに収録されていることには意味がある。

ところで。

あらゆるミュージシャンは、生涯に一度だけ、自分の作品に「LOVE」というタイトルを付けることができる。「愛」こそが自分の音楽が表現すべきテーマなのだと、全世界に向けてアピールする権利を持っている。たった一度だけのその権利を、いつ、どんなふうに行使するか？　みんなが試行錯誤を繰り返してきた。

そして。

越谷オサムにとっての「LOVE」とは、「BAKA」である。その「バカ」をタイトルにした本書はだからきっと、作者にとって特別な思い入れのある一冊だ。

振り返ってみよう。越谷オサムは一九七一年、東京都足立区生まれ、埼玉県越谷市育ち。二〇〇四年、日本ファンタジーノベル大賞優秀賞受賞作『ボーナス・トラック』でデビューした。

デビュー作からして、バカだったなぁ。

大手ハンバーガーチェーンに勤める主人公が、ひき逃げ事故を目撃する。彼は生真面目な青年だ。さきほど死体で見た男が、目の前で動きしゃべっているのを目撃しても、幻覚だと断定する（のちに過ちに気付く）。視点変換。幽霊が一人称で語り出す。「わたくし本日、六月九日午前二時二十分をもちまして、将来について悩む必要いっさいなくなりました。だって、死んじゃったから」。

ノリ、軽い！　かくして生真面目な青年と、おバカで楽天的な幽霊がコンビを組み、ひき逃げ犯を探すミステリーが始まる。すっかり仲良くなった男ふたりの最後の会話（例えば「バカかお前は」）と、そうとは感じさせない別れの儀式は、読み終えた後も心に残る。バカは、単なるバカじゃない。そのことを、越谷オサムはデビュー作から書いていたんだ。

ブレイク作となったのは、三〇万部突破の長編小説『陽だまりの彼女』だった。へたれな会社員が、バリバリのキャリアウーマンになった幼馴染《おさななじ》み と十年ぶりに再会し、最高の恋をする。本作は恋愛小説でありつつ、本格ミステリーでもある。ラストでとびきりのサプライズが発動し、驚愕《きょうがく》のさなかで、読者はそれまで読み進めてきた小説の記憶を走馬燈《そうまとう》のように蘇《よみがえ》らせる。そうして辿《たど》り着く先は、主人公が彼女と出会った頃。中学一年の二学期に転入してきた彼女は当時、まったく勉強ができなかった。主人公は彼女を最初、こう評価していたのだ。「すこぶるつきのバカ」。

ちゃんと確認しておきたいのは、彼女はなぜバカだったのかという「謎」が、ラストのサプライズに直結し、感動を増幅させるということ。本作にとって「バカ」は、物語の根幹を成す最重要要素なのである。

その他の作品はというと――。

高校の廃部寸前軽音楽部が、文化祭ライブを目指すバンド小説『階段途中のビッグ・ノイズ』。高校の文芸部に転がり込む「日常の謎」を描いた、連作ミステリー調の部活小説『空色メモリ』。大学の映画サークルと、男子寮で巻き起こるくんずほぐれつの群像劇『せきれい荘のタマル』。高校の修学旅行先で、決死のエスケープを試みる『くるくるコンパス』。青森のメイド喫茶で働くドジッ娘女子《こ》高生が、津軽三味線で世界を切り開く『いとみち』（シリーズ二巻、以下続刊）。

そう、越谷オサムは、思春期まっただなかの学生をメインキャラクターに据えた、青春小説の名手だ。ここでさきほどの、③と⑤に関する議論と話が繋《つな》がる。思春期とは、バカ醸成装置なのだ。

読者は、登場人物達が次々と繰り出してくる香ばしい言動を前に、「バカだなぁ」と侮る。そんな登場人物達の内側に、自分の断片を見出《みいだ》して、「自分もバカだなぁ」と気付く。そんなふうにして、人は人の、自分の、肯定の仕方を学ぶ。

もう一度書こう。越谷オサムにとっての「ＬＯＶＥ」とは、「ＢＡＫＡ」である。ひっくり返した方が分かりやすいかな。「ＢＡＫＡ」とは、「ＬＯＶＥ」である。

この小説家は、バカを抱きしめる。ぎゅーっと。そのことを、読者に対して、そして自分自身に対しても宣言してみせたのが、そう。『金曜のバカ』なのである。

「僕の愉しみ　彼女のたしなみ」について

作中の古生物学に関する用語は、単行本刊行時（二〇一〇年一月）のものを改変せずそのまま掲載しました。

二〇一二年現在、ドラコレックスはパキケファロサウルスの幼体であったとする説がきわめて有力なようです。また「K―T境界層」の名称も、地質時代の区分が見直された結果、近年は「K／Pg境界層」に移行しつつあります。

なお、作中に「中国の遼寧省《りようねい》で去年新たに発見された、まだ学名もない中型の羽毛恐竜」「今世紀に入って新たに発見された（アルゼンチノサウルスの）上腕骨や肩甲骨、頸椎《けいつい》」等の記述がありますが、これらについてはすべて作者の創作であり、実際にそのような報告はないことをお断りいたします。

作者

本書は二〇一〇年一月、小社より刊行された単行本に加筆修正のうえ、文庫化したものです。

金《きん》曜《よう》のバカ

越谷《こしがや》オサム

平成24年 11月25日　初版発行
平成25年 11月15日　9版発行

発行者◉山下直久

発行所◉株式会社KADOKAWA
〒102-8177　東京都千代田区富士見2-13-3
電話 03-3238-8521（営業）
http://www.kadokawa.co.jp/

編集◉角川書店
〒102-8078　東京都千代田区富士見1-8-19
電話 03-3238-8555（編集部）

角川文庫 17670

印刷所◉株式会社暁印刷　製本所◉本間製本株式会社

表紙画◉和田三造

ISBN978-4-04-100571-2　C0193

角川文庫発刊に際して

角川源義

第二次世界大戦の敗北は、軍事力の敗北であった以上に、私たちの若い文化力の敗退であった。私たちの文化が戦争に対して如何に無力であり、単なるあだ花に過ぎなかったかを、私たちは身を以て体験し痛感した。西洋近代文化の摂取にとって、明治以後八十年の歳月は決して短かすぎたとは言えない。にもかかわらず、近代文化の伝統を確立し、自由な批判と柔軟な良識に富む文化層として自らを形成することに私たちは失敗して来た。そしてこれは、各層への文化の普及滲透を任務とする出版人の責任でもあった。

一九四五年以来、私たちは再び振出しに戻り、第一歩から踏み出すことを余儀なくされた。これは大きな不幸ではあるが、反面、これまでの混沌・未熟・歪曲の中にあった我が国の文化に秩序と確たる基礎を齎らすためには絶好の機会でもある。角川書店は、このような祖国の文化的危機にあたり、微力をも顧みず再建の礎石たるべき抱負と決意とをもって出発したが、ここに創立以来の念願を果すべく角川文庫を発刊する。これまで刊行されたあらゆる全集叢書文庫類の長所と短所とを検討し、古今東西の不朽の典籍を、良心的編集のもとに、廉価に、そして書架にふさわしい美本として、多くのひとびとに提供しようとする。しかし私たちは徒らに百科全書的な知識のジレッタントを作ることを目的とせず、あくまで祖国の文化に秩序と再建への道を示し、この文庫を角川書店の栄ある事業として、今後永久に継続発展せしめ、学芸と教養との殿堂として大成せんことを期したい。多くの読書子の愛情ある忠言と支持とによって、この希望と抱負とを完遂せしめられんことを願う。

一九四九年五月三日

角川文庫ベストセラー

不思議の扉 時をかける恋

編／大森　望

不思議な味わいの作品を集めたアンソロジー。ひとたび眠るといつ目覚めるかわからない彼女との一瞬の再会を待つ恋……梶尾真治、恩田陸、乙一、貴子潤一郎、太宰治、ジャック・フィニイの傑作短編を収録。

不思議の扉 時間がいっぱい

編／大森　望

同じ時間が何度も繰り返すとしたら？　時間を超えて追いかけてくる女がいたら？　筒井康隆、大槻ケンヂ、牧野修、谷川流、星新一、大井三重子、フィッツジェラルド描く、時間にまつわる奇想天外な物語！

不思議の扉 ありえない恋

編／大森　望

庭のサルスベリが恋したり、愛する妻が鳥になったり、腕だけに愛情を寄せたり。梨木香歩、椎名誠、川上弘美、シオドア・スタージョン、三崎亜記、小林泰三、万城目学、川端康成が、究極の愛に挑む！

不思議の扉 午後の教室

編／大森　望

学校には不思議な話がつまっています。湊かなえ、古橋秀之、森見登美彦、有川浩、小松左京、平山夢明、ジョー・ヒル、芥川龍之介……人気作家たちの書籍初収録作や不朽の名作を含む短編小説集！

作家の手紙

北方謙三
小池真理子他

催促、苦情、お願い事。言いにくいことをうまく伝える方法は？　後腐れないような言い回しは？　別離、恋、ファンレター、苦情、催促、お詫び、頼み事、励まし。悩んだときは、文章のプロの見本に学ぼう。

角川文庫ベストセラー

グミ・チョコレート・パイン
グミ編
大槻ケンヂ

五千四百七十八回。これは大橋賢三が生まれてから十七年間の間に行ったある行為の数である。あふれる性欲、コンプレックス、そして純愛との間で揺れる〝愛と青春の旅立ち〟。青春大河小説の決定版！

グミ・チョコレート・パイン
チョコ編
大槻ケンヂ

大橋賢三は高校二年生。学校のくだらない連中との差別化を図るため友人のカワボン、タクオらとノイズ・バンドを結成するが、密かに想いを寄せていた美甘子は学校を去ってしまう。愛と青春の第二章。

グミ・チョコレート・パイン
パイン編
大槻ケンヂ

冴えない日々をおくる高校生、大橋賢三。山口美甘子に思いを寄せるも彼女は学校を中退し、女優への道を着々と歩み始めていた。少しでも追いつこうと、賢三は友人のカワボンらとバンドを結成したが……。

縫製人間ヌイグルマー
大槻ケンヂ

クリスマスの夜、ある女の子のところにやってきた一体のテディベア。不思議なことに彼は意志を持ち、世界征服を狙う悪の組織に立ち向かう！　大切な誰かを守るために――。感動と興奮のアクション大長編。

暴いておやりよドルバッキー
大槻ケンヂ

若気の至りで大衝突の結果、解散した筋肉少女帯が復活。『グミ・チョコレート・パイン』がまさかの映画化。本人も全く予想できなかった展開を楽しむ、オーケンのぼよよん不思議な日々を綴ったエッセイ集。

角川文庫ベストセラー

ＧＯＴＨ　夜の章・僕の章
乙一

連続殺人犯の日記帳を拾った森野夜は、未発見の死体を見物に行こうと「僕」を誘う……人間の残酷な面を覗きたがる者〈ＧＯＴＨ〉を描き本格ミステリ大賞に輝いた乙一の出世作。「夜」を巡る短篇3作を収録。

失はれる物語
乙一

事故で全身不随となり、触覚以外の感覚を失った私。ピアニストである妻は私の腕を鍵盤代わりに「演奏」を続ける。絶望の果てに私が下した選択とは？　珠玉6作品に加え「ボクの賢いパンツくん」を初収録。

サウスバウンド（上）（下）
奥田英朗

小学6年生の二郎にとって、悩みの種は父の一郎だ。自称作家というが、仕事もしないでいつも家にいる。ふとしたことから父が警察にマークされていることを知り、二郎は普通じゃない家族の秘密に気づく……。

オリンピックの身代金（上）（下）
奥田英朗

昭和39年夏、オリンピック開催を目前に控えて沸きかえる東京で相次ぐ爆破事件。警察と国家の威信をかけた捜査が極秘のうちに進められる。圧倒的スケールで描く犯罪サスペンス大作！　吉川英治文学賞受賞作。

聖なる夜に君は
奥田英朗・角田光代・大崎善生・島本理生・盛田隆二・蓮見圭一

クリスマスの過ごし方は人それぞれ。楽しみにしている人もいれば、むなしさを感じる人もいる。そんな心にしみる6つのストーリー。人気作家がクリスマスをテーマに綴る、超豪華アンソロジー。

角川文庫ベストセラー

GO　金城一紀

僕は《在日韓国人》に国籍を変え、都内の男子高に入学した。広い世界へと飛び込む選択をしたのだが、それはなかなか厳しい選択でもあった。ある日僕は、友人の誕生パーティーで一人の女の子に出会って――。

レヴォリューションNo.3　金城一紀

オチコボレ高校に通う「僕たち」は、三年生を迎えた今年、とある作戦に頭を悩ませていた。厳重な監視のうえ、強面のヤツらまでもががっちりガードする、お嬢様女子高の文化祭への突入が、その課題だ。

フライ，ダディ，フライ　金城一紀

おっさん、空を飛んでみたくはないか？ ――鈴木一、47歳。平凡なサラリーマン。大切なものをとりもどす、最高の夏休み！ ザ・ゾンビーズ・シリーズ、第2弾！

SP 警視庁警備部警護課第四係　金城一紀

幼い頃、テロの巻き添えで両親を亡くした井上薫は、トラウマから得た特殊能力を使い、続発する要人テロと、その背後にある巨大な陰謀に敢然と立ち向かっていく――。

SPEED　金城一紀

頭で納得できても心が納得できなかったら、とりあえず闘ってみろよ――。風変わりなオチコボレ男子高校生たちに導かれ、佳奈子の平凡な日常は大きく転回を始める――ザ・ゾンビーズ・シリーズ第三弾！

角川文庫ベストセラー

時をかける少女〈新装版〉
筒井康隆

放課後の実験室、壊れた試験管の液体からただよう甘い香り。このにおいを、わたしは知っている——思春期の少女が体験した不思議な世界と、あまく切ない想いを描く。時をこえて愛され続ける、永遠の物語！

日本以外全部沈没 パニック短篇集
筒井康隆

地球の大変動で日本列島を除くすべての陸地が水没！　日本に殺到した世界の政治家、ハリウッドスターなどが日本人に媚びて生き残ろうとするが。時代を超越した筒井康隆の「危険」が我々を襲う。

陰悩録 リビドー短篇集
筒井康隆

風呂の排水口に○○タマが吸い込まれたら、自慰行為のたびにテレポートしてしまったら、突然家にやってきた弁天さまにセックスを強要されたら。人間の過剰な「性」を描き、爆笑の後にもの哀しさが漂う悲喜劇。

夜を走る トラブル短篇集
筒井康隆

アル中のタクシー運転手が体験する最悪の夜、三ヵ月以上便通のない男の大便の行き先、デモに参加した女子大生を匿う教授の選択……絶体絶命、不条理な状況に壊れていく人間たちの哀しくも笑える物語。

佇むひと リリカル短篇集
筒井康隆

社会を批判したせいで土に植えられ樹木化してしまった妻との別れ。誰も関心を持たなくなったオリンピックで黙々と走る男。現代人の心の奥底に沈んでいた郷愁、感傷、抒情を解き放つ心地よい短篇集。